민주를 지켜라!

민주를 지켜라!
4 · 19혁명 60주년 기념 소설집

서해문집 청소년문학 008

초판 1쇄 발행 2020년 4월 10일
초판 2쇄 발행 2020년 12월 1일

지은이 신여랑 윤혜숙 박경희 이상권 정명섭
펴낸이 이영선
책임편집 김종훈

편집 이일규 김선정 김문정 김종훈 이민재 김영아 김연수 이현정 차소영
디자인 김회량 이보아
독자본부 김일신 김진규 정혜영 박정래 손미경 김동욱

펴낸곳 서해문집 | 출판등록 1989년 3월 16일(제406-2005-000047호)
주소 경기도 파주시 광인사길 217(파주출판도시)
전화 (031)955-7470 | 팩스 (031)955-7469
홈페이지 www.booksea.co.kr | 이메일 shmj21@hanmail.net

ISBN 978-89-7483-019-9 43810

이 도서의 국립중앙도서관 출판예정도서목록(CIP)은 서지정보유통지원시스템 홈페이지(http://seoji.nl.go.kr)와 국가자료공동목록시스템(http://www.nl.go.kr/kolisnet)에서 이용하실 수 있습니다.(CIP제어번호: CIP2020011893)

서해문집
청소년문학
008

민주를 지켜라!

4·19혁명
60주년 기념
소설집

신여랑
윤혜숙
박경희
이상권
정명섭

서해문집

책을 펴내며

“젊은 사람들은 희망을 잃고, 부자는 더 부자가 되고 가난한 사람은 점점 가난해지고, 또 양심을 지키는 사람은 소외되거나 배척되고, 목적을 위해 수단과 방법을 가리지 않는 자들만이 출세하는 사회이기 때문에 머지않아 한국 사회에는 심각한 상황이 벌어질 것이다.”

1959년에 미국 콜론연구소가 한국을 직접 방문해 상황을 파악한 후 하원에 제출한 ‘콜론 보고서’ 의 일부다. 마치 예견이 실현되기라도 하듯, 1960년 한국에서는 보고서 내용대로 ‘심각한 상황’ 이 발생한다. 그 중심에 3 · 15 부정 선거가 있다.

사사오입 개헌으로 종신 집권의 길을 마련한 이승만과 자유당 정권은 민심이 자유당을 완전히 등진 것을 알고 1960년 3월 15일 제4대 정부통령 선거에서 승리하기 위해 1년 전부터 치밀하게 부정 선거를 계획했다.

그러다 선거를 며칠 앞둔 2월 28일, 일요일. 등교를 강요당한 대구 지역 고등학생들이 '학생을 정치에 이용하지 말라'며 첫 시위를 벌였고, 시위는 곧 서울, 수원, 대전, 부산 등지로 이어졌다.

선거 당일에는 부정한 선거 진행과 투표용지 조작 등에 항의하는 시민들이 거리로 쏟아져 나왔고 경찰의 총탄에 시민들이 사망하는 등 유혈 사태가 벌어지기도 했다. 개표 후 역사상 유례없는 부정 선거인 데다 국민 주권 우롱극으로 밝혀졌는데도 아무런 목소리도 내지 못했던 무기력한 시민들을 거리로 불러낸 것은 학생들이었다. 이모할머니 댁에서 형과 함께 시위에 참가했던 김주열의 시신이 실종 27일 만에 눈에 최루탄이 박힌 채 마산 앞바다에서 떠오른 것이 계기였다.

마산에서 시작된 학생 시위는 전국으로 번져 나갔고, 부정 선거 규탄 시위에 교수들과 시민들까지 합세하면서 시민 혁명으로 나아갔다.

시위 다음 달, 당시 최고의 종합잡지 《사상계》는 4·19혁명(당시는 4·19학생데모운동)의 의미를 다각도로 조명한 '민중의 승리' 기념호를 발간했다.

특히 외국의 학생운동과 4·19혁명의 다른 점에 대해 언급한 부분은 상당히 인상적이다. 외국의 학생운동은 대개 대학생들이 중심이 돼 수도 혹은 대도시에서 일어나 지방으로 퍼지거나 발생한 곳에서 일회성으로 그친 반면, 4·19혁명은 중고등학생들이 주도해 대학생에게 영향을 미쳤고, 지방에서 발화해 서울로 파급된 특색이 있다는 것이다. 또 외국의 경우 교수나 선각자(지식인)의 지도와 자극에서 비롯되었지만 4·19혁명은 순전히 학생들의 자발적인 의사로 촉발되었고 누구의 지도나 영향도 없었다는 점이다. 오직 시위 형식으로만 진행되었고 평화적인 시위를 통해 혁명에 성공한 예로는 세계 유일하다는 점도 꼽고 있다.

이 책 《민주를 지켜라!》는 4·19혁명 60주년 기념 소설집이다. 지난해 펴낸 3·1운동 100주년 기념 소설집 《대한 독립 만세》에 함께했던 작가들이 다시 의기투합해서 이 소설집을 준비했다. 이전과 마찬가지로 이미 책이나 다른 매체를 통해 많이 다루어진 마산 지역은 제외했고, 대구 · 광주 · 수원 · 서울 · 제주에서 일어난 시위 현장을 담았다. 당시 학생들을 거리로 나오게 한 것은 3 · 15 정부통령 선거를 위해 일요일 등교, 벼락 시험, 단체 영화 관람, 축구 시합 등 학생들이 야당 유세장에 모이는 것을 차단하기 위해 이승만 정권이 벌인 강압적이고 부당한 학원 탄압이었다. 이 책에서는 대구의 2 · 28 학생 시위, 광주의 전남여고, 수원의 수원농고 학생들, 고등학생으로는 유일하게 경무대까지 진출했던 서울 동성중고 학생들의 시위와 함께, 4 · 19혁명 이후 정권이 바뀌고 처음으로 4 · 3사건을 공론화하고 진상 규명에 나섰던 제주대 학생들의 이야기가 함께 펼쳐진다. 이는 정권 교체 후 4 · 19혁명의 정신이 지역 사회에 어떻게 뿌리내리고 이어졌는가를 보여 주는 좋은 사례가 될 것이다.

한편, 각 소설을 시간순이 아닌 현재와 가까운 시기부터 배치한 것은, 역사의 시간을 거슬러 감으로써 4 · 19혁명이 갖는 역사적 의의를 더 입체적이고 선명하게 느낄 수 있으리라는 기대 때문이다.

공교롭게도 이 책의 출간 시점이 총선 시기와 맞물려 있다. 60년 전 순수한 정의감으로 분연히 일어서 새 역사의 물꼬를 텄던 민주주의에 대한 열망은 2017년 촛불혁명으로 이어져 이제 우리 사회에 뿌리를 내렸다. 하지만 진보와 보수의 첨예한 대립을 비롯해 빈부 격차, 사회 곳곳에 남아 있는 적폐는 여전히 현재 진행형이다. 세상은 하루아침에 바뀌지 않는다. 그러나 시대의 변곡점에서 열정적으로 앞장선 젊은 세대가 있었기에 우리 사회는 끊임없이 발전해 왔다. 이번 선거는 대한민국 역사상 최초로 만 18세 이상 청소년도 투표할 수 있게 된 의미 있는 선거다. 참정권에 대한 청소년들의 관심이 그 어느 때보다 높을 수밖에 없을 것이다. 그런 만큼 이 책의 주인공들이 보여 준 의기와 열정, 정의감과 시대의식이 지금 이 책을 읽을 청소년들에게 어떤 식으로든 긍정적인 영향을 끼치길 바란다.

다섯 작가의 뜻을 모아

2020년 4월

윤혜숙 쓰다

차례

4월의 뒷날,

호

신여랑 전라북도 완주에서 태어났다. 한동안 글을 쓰지 못했다. 그러나 쓰고 싶긴 했다. 생각해 보면 쓰지 못함과 쓰고 싶음, 그 사이 어딘가에서 늘 헤맸고 앞으로도 그럴 것이다. 2006년《몽구스 크루》로 사계절문학상 대상을 받으며 등단했다. 지은 책으로《몽구스 크루》,《이토록 뜨거운 파랑》,《자전거 말고 바이크》,《믿을 수 없는 이야기, 제주 4·3은 왜?》(공저),《대한 독립 만세》(공저) 등이 있다.

여름이 시작된 관덕정 광장에는 아침부터 후텁지근한 바람이 불었다. 살이 올라 검은 윤기가 흐르는 커다란 까마귀들이 관덕정 처마 끝에 앉아 깍깍 울어 댔고, 교통대 경찰은 연거푸 요란한 수신호를 했다. 드물게 보이는 행인들 옆으로 기세등등한 군용 지프가 지나가고 꽁무니로 시커먼 연기를 뿜으며 제주여객 버스가 지나가고 항아리 짐을 실은 자전거가 지나갔다. 어제 이맘때와 비슷한 풍경이었다. 백제약방 골목에서 나온 허름한 차림의 아주머니가 느린 걸음으로 경찰서 마당 녹나무 아래로 가는 것까지.

몇몇은 그녀를 알아보았다.

'아이고, 저 아주머니 지독하네.'

약방 근처 구둣방 주인은 절레절레 고개를 흔들었다.

"그래도 아들인데 얼마나 애가 타겠어. 쯧쯧."

자전거포 김 씨는 그 마음을 알겠다는 듯 혀를 차다가 저만치

군 장교가 지나가는 것을 보고 움찔했다.

'빨갱이 아들은 없는 게 나아. 이참에 설치는 대학생 놈들 본보기로 확 조져 놔야 해.'

경찰 하나는 지난 1년을 떠올리며 이를 갈았다.

지난달 5·16 직후 포고령 위반으로 긴급 체포된 그녀의 아들, 호에게는 면회가 허락되지 않았다. 호는 매일 경찰국에서 조사를 받았고, 유치장이 있는 경찰서 건물에서 나와 경찰국까지 가려면 반드시 녹나무 마당을 지나가야 했다. 그녀는 한 달 넘게 그곳에서 아들을 기다렸다. 호의 얼굴을 보기 위해서만은 아니었다. 호와의 약속을 어긴 자신에게 벌을 주고 싶은 마음도 컸다.

그녀에게 진저리를 치는 사람은 따로 있었다. 호를 심문하고 있는 대공계 형사 중 하나였다.

'시골 촌부가 그것 참 안 됐군.'

처음에는 그도 가엾게 여기는 마음이 있었다.

그러나 진술서 작성이 같은 자리를 맴돌자 그녀가 거슬리기 시작했다. 참관하러 나온 군 방첩대 조사관 눈치도 보였다.

"폭력은 상대한테 밀릴 때나 사용하는 것이오. 그래서 되겠습니까? 혁명의 시대에 말입니다."

조사가 끝나면 비웃었고, 조사 중에는 다리를 꼬고 앉아 긴 장화를 까딱 대며 넌지시 비웃음을 흘렸다. 종일 진척 없는 심문을 끝내고 유치장으로 데리고 가기 위해 건물 밖으로 호를 끌고 나오면 아침에 보았던 그대로 녹나무 아래 꿈쩍 않고 있는 그녀가 보였다. 오싹했다. 캭, 퉤. 그는 흙바닥에 가래침을 뱉어 구둣발로 오래 문지르곤 했다. 저 여자가 저대로 앉아서 죽은 것은 아닌가, 하는 얼토당토않은 생각이 들어서였다.

*

호의 마음은 매번 오락가락했다. 오늘은 어머니가 안 계셨으면 하고 바랐다가도 유치장에서 이름이 불리고, 철컥 양손에 수갑이 채워지면 어머니가 안 계실까 봐 멈칫댔다. 이런 불효가 없다, 자책하면서도 그랬다. 조사실에서 나와 유치장으로 돌아갈 때도 그랬다. 기다리지 말고 돌아가셨기를 바라다가도 코끝에 초여름 밤공기가 확 끼쳐 오면 저도 모르게 녹나무로 눈이 갔다. 거기 어머니가 보이면 정신이 번쩍 났다. 어머니가 있어서 마음이 놓였다. 그런 배포였으면 아예 저지르지도 말았어야지. 어머니의 꾸지람이 들리는 것 같았다.

그런데 오늘은, 달랐다. 어머니는 밤사이 폭삭 늙어 버렸다. 그렇게 보였다. 바싹 마른 나뭇등걸처럼 누군가 손끝으로 건드리기만 해도 풀썩 주저앉을 것만 같았다. 차마 오래 쳐다볼 수가 없었다. 호의 마음이 무겁게 내려앉았다. 이제 오시지 말라고, 소리라도 질러야 하나? 어머니를 향해 입이라도 뻥끗하면 어머니를 가만 두지 않겠다고 하지 않았던가. 호는 저도 모르게 고개를 홱 돌려 어머니를 등지고 빠르게 걸었다. 그때 팔을 잡고 오던 형사가 돌멩이에 발이 걸려 비틀거리며 욕을 했다.

"이 새끼가 미쳤나!"

그는 조사에 번갈아 들어오는 대공계 형사 중에서 유독 야비하게 구는 자였다. 동시에 제일 편한 자이기도 했다. 이를테면 그는 예상이 되었다.

오늘도 그는 조사실 책상에 앉자마자 어김없이 어머니 얘기를 꺼냈다.

"왜 오늘은 어머니가 보기 싫었냐?"

평소처럼 무시하려고 했다.

"하기야 빨갱이들은 어머니도 없지? 어머니 생각하면 빨갱이 못 하지."

입가에 경련이 일었다. 호는 아주 잠깐 골똘히 생각했다. 저 얼굴에 침을 뱉어 주면 어떤 반응을 보이려나?

"이 새끼가 뭘 째려?"

그러나 침도 아까운 자였다.

"오늘은 심문 안 합니까?"

"이 새끼가!"

그가 달려들어 멱살을 잡았다. 이제 한 마디만 덧붙이면 주먹이 날아올 차례였다. 괜한 입씨름을 하느니 그 편이 나을 것도 같았다.

"심문은 말로 하시기 바랍니다."

"이승만 대통령이 하야 성명 내니까 그때야 기어 나와서 데모한 주제에. 우리가 그동안 두목이다, 용공 수괴다 대우해 주니까 네놈이 진짜 뭐라도 된 줄 알지. 여기 틀어박혀 있으니까 지금 바깥세상이 어떻게 돌아가는지 감이 안 잡히는 모양인데…."

그는 입과 주먹을 같이 썼다.

주먹이 꽂힐 때마다 피식 웃음이 났다. 진심으로 맞장구라도 쳐주고 싶었다.

'잘 알고 계시네요. 지금까지 내가 한 말이 그 말입니다. 나는 아무것도 아닙니다. 두목이라니요? 수괴라니요? 그렇습니다. 나는 그때야 기어 나왔습니다. 고작 그렇게밖에 못했습니다. 그렇습니다. 그때 나는 뒷방 늙은이였습니다. 조심성이라곤 없는 ….'

1년 전, 1960년 봄

호는 법학과 2학년이었고, 관덕정 근처 북신로에 자취방을 얻어 살고 있었다. 호의 자취방에는 예전부터 친구들이 자주 드나들었다.

"순댓국 먹으러 가자!"

오랜만에 시에 온 촌아이도.

"육지 신문 있냐?"

세상 돌아가는 일에 관심 있는 시 아이도.

"산지천 가서 냉수마찰 할까?"

같이 어울리던 고등학교 동창 아이도.

호의 자취방 잇돌(디딤돌) 위에는 고무신이나 운동화 서넛쯤은 늘 있었다. 주인이 사는 안채나 다른 일가족이 세 들어 사는 별채와 분리돼 있어서 드나든다고 눈치 볼 사람도 없었다. 모이면 자연스럽게 속을 터놓고, 시국 이야기가 오갔다.

호와 친구들은 그즈음 특히 육지 신문을 기다렸다.

"아, 답답하다. 이러다 도로 자유당인 건가? 라디오에선 자유당 얘기만 떠들고. 이럴 때 신문이라도 봐야 할 텐데."

이렇다 저렇다 의사 표현을 잘 안 하고, '게메(글쎄)' 하고 얼버무리는 박조차 그런 말을 했다. 사실 육지 신문을 보는 건 쉽지 않았다. 주 4회 항공편이나 소형 여객선으로 오는 신문은 기상 상황이 나쁘면 안 들어오는 게 예사였다. 2월 28일 대구에서 벌어진 고등학생 시위 소식도 며칠 후에 알았다.

"뭐야? 오늘도 안 온 거야?"

"여기는 대한민국이 아니로군."

박이 제일 씁쓸해 했다.

그러다 고가 육지 신문을 들고 호의 자취방에 나타나는 날이면 선거 얘기로 왁자해졌다. 고는 오래전부터 육지 신문을 읽고 재기 넘치는 촌평을 했었다. 소련이 인공위성 스푸트니크 발사에 성공한 기사를 보고, "소련이래! 미국이 아니라 소련! 소련이 성공했단

이야기를 이렇게 대문짝만하게 내다니 이거 소련 찬양 기사 아닙니까! 하하.” 혼자 웃기도 하고, 2호가 162일 만에 대기권에 진입하면서 소멸한 기사를 읽을 때는 연극배우처럼 울기도 했다. “아, 라이카! 인간의 욕심으로 우주로 간 개여! 그대를 진심으로 애도하노라.”

그때마다 호는 누구보다 크게 웃었다. 엄지를 치켜들었다.

하지만 선거가 다가오면서부터 고의 촌평에서 웃음기가 싹 사라졌다.

“민주당 제주도당 위원장에 따르면, *‘제주 경찰이 민주당 당원을 탈당시키려 평당원은 삼만 환, 간부급 당원은 오만 환, 핵심당원 및 정·부위원장은 십만 환씩을 뿌리고 있으며 간부급 당원을 탈당시킨 경찰관은 일계급 특진까지 약속하고 있는 것으로 알려지고 있다.’*”

하루는 도내 소식이 실린 육지 신문을 읽어 주고는 구겨서 패대기쳤다.

“귀한 걸 이러면 쓰냐.”

호가 집어서 폈다. 고의 흥분이 가라앉기를 바라며 짐짓 신문 기사를 읽는 시늉을 했다.

“제기랄! 이번엔 특진이래? 위미초등학교 선거 유세 때 자유당 국회의원이 *‘대통령에 이승만, 부통령에 이기붕 선생을 당선시키자’* 라고 혈서를 썼다더니. 혈서에 특진에. 이기붕 당선시키려고 발악을 하는구나.”

고의 흥분은 가라앉지 않았다.

"그럴 만도 하지. 이승만은 팔십오 세 고령. 임기 중에 사망하면 부통령이 대통령직을 승계할 것이고, 민주당 장면 후보가 부통령에 당선되면 자유당은 폭삭 망하는 거니까."

고 옆에 있던 박이 차분하게 말했다. 호는 고가 흥분하는 것보다 박이 그렇게 말하는 게 더 놀라웠다.

"*전 공무원은 단결하여 자유당 이승만·이기붕 양인을 기필코 당선시키자*. 그것인가?"

고는 여전히 목소리를 높였다. 선거를 앞두고 '공무원친목회 제주도연합회'라는 단체가 생겼다고 했다. 회장은 도지사, 부회장은 제주시장과 남제주군수.

"어디 공무원뿐이겠냐?"

호가 가볍게 덧붙였다. 그쯤에서 끝내고 싶었다.

"아아, 그렇지. 우리 학교 학도호국단 간부들께서는 자유당 선거 운동하시지. 대학생 간부라는 놈들이 부끄럽지도 않나? 도내 고등학생들이 우리를 어떻게 볼 거야? 아니 그런데 왜들 이렇게 한가해? 구경이나 할 생각이야?"

그러나 고는 분통을 터뜨렸다.

"우리라도 나섭시다. 육지에선 고등학생들도 데모하는데 창피하게 이게 뭡니까."

고의 재촉에도 침묵이 흘렀다.

"차분하게 생각 좀 해 보게."

호의 그 말이 고를 자극했는지 모른다.

"생각? 무슨 생각을 더 해. 선거가 코앞인데. 너희들도 생각 더 해야 해? 뭐라고 말 좀 해 봐."

고가 옆에 앉은 박의 팔을 잡고 흔들었다.

"게메(글쎄)."

박이 팔을 뺐다.

"글쎄는 무슨 글쎄. 겁나면 차리리 겁난다고 해."

"너 지금 뭐하는 거냐?"

호는 진심으로 화가 났다.

"흥분한다고 될 일이냐? 데모를 여기 모인 우리 넷이 할까? 너는 우리를 겁쟁이로 만들고 싶으냐? 아니면 정말 몰라서 이러냐?"

호의 얼굴이 일그러졌다. 고도 알고 있었다. 학기 시작은 4월. 호처럼 본가에 내려가지 않는 몇몇을 빼면 촌에서 올라온 학생들은 만나기도 어려웠다. 학기가 시작돼도 4학년은 취업, 3학년은 다가올 학생회 선거에만 열을 올릴 것이다.

도내 분위기는 더 안 좋았다. 태반은 '자유당이야, 선거야 으레 그런 것'이라 여겼다. 육지부 소식은 애써 찾아보는 이가 아니면 까맣게 모르기 일쑤였다. 무엇보다 반정부 데모라는 말만 들어도 얼굴색이 변했다. 이승만 자유당 정권은 반대파를 빨갱이로 몰았다. 제주 사람들이 제일 무서워하는 말이었다.

“제기랄! 나도 알아. 아는데, 언제까지 생각만 하고 있을 건데. 언제까지 뒷방 늙은이들처럼 여기 모여서 울분이나 토하고 있을 건데.”

고는 벌떡 일어나 가 버렸다. 그리고 한동안 나타나지 않았다.

고가 발길을 끊은 사이, 선거는 누구나 예견했듯 자유당의 압승으로 끝났다. 신문에는 전국적으로 벌어진 온갖 부정 선거 관련 의혹이 넘쳐났다. 마산에서 벌어진 경찰의 발포를 두고, 이기붕이 “총은 쏘라고 준 것이다”라고 말했다는 소문도 들려왔다.

호는 고가 없는 자취방에서 쓴웃음을 삼키며 중얼거리곤 했다.

“나는 이제 혼자 생각하는 뒷방 늙은이로구나.”

한밤중에 고가 찾아온 날도 그랬다. 유난히 달이 밝고 바람이 세게 불던 밤이었다.

“그놈의 생각 더 해야 하나?”

고의 첫마디였다. 얼마나 반갑던지 호는 고를 덥석 끌어안았다.

고가 자취방에 돌아오자 하나둘 친구들이 모여들었다. “역시 이 방엔 내가 있어야 하네. 그래야 사과도 하고 데모도 하지.” 고가 박의 손을 잡고 사과인지 농담인지 모를 소리를 했고, 박은 “게메”라며 웃었다. 호는 그때 알았다. 뜻이 맞는 자들은 멀리 못 간다는 걸. 서로 불러 주기를 기다리고 있다는 걸.

일은 생각보다 쉽게 진행됐다.

가능한 많은 이들과 함께한다. 시내 고등학생들과도 접촉한다. 시위 일시는 개강 첫 주. 7일 혹은 8일.

결심이 섰으니 망설일 이유도 시간도 없었다.

호는 고와 짝을 이뤄 친구들을 만나러 다녔다. 경찰 눈에 뜨이면 허사였으니, 밤에 집으로 찾아갔다. 다행히 개강을 앞둔 상태라 촌에서 올라온 친구들도 수월하게 만났고, 시내 고등학교 학생 대표들도 찾아가 만났다.

친구들은 선뜻 손을 잡았지만 고등학생들은 달랐다.

"대학생들이랑 같이요? 우리도 계획이 있습니다."

반응이 좋지 않았다.

"아, 친구들과 의논해 볼게요. 그런데 이제 와서 왜요?"

여학생의 표정에는 경멸이 보였다. 자유당 선거 운동에 앞장섰던 대학생들이 좋게 보일 리 없었다. 하지만 뒷방을 나온 이상 포기란 없었다. 다시 찾아갔다.

"나 같은 제대생 놈들 저어기 용연 바닥에 처박아 버리고 싶지요? 나도 뛰어들고 싶었어요."

고는 그 마음을 안다는 듯 호소했고,

"우리는 학도호국단 같은 친정부 대학생 간부가 아니다. 고작 이 학년 학생이다. 각지에서 학도들의 궐기 소식이 있다. 이때 우리가 연합하면 제주 지역 학도 총결집의 의미가 있지 않겠느냐?"

호는 진지하게 설득했다.

마침내 시내 6개교 고등학생들의 합류가 결정됐고, 호와 친구들은 흥분을 감추지 못했다. 같이하기로 한 열두 명이 비좁은 자취방에 모여 비장한 결의를 다졌다. 문제는 거기에 있었다. 비장했지만 조심성은 없었다. 각지에서 부정 선거 규탄 데모가 일어나자 이승만 정권은 대학가 동향에 촉각을 곤두세우고 있었다. 제주도라고 다를 리 없었다. 주위를 살펴야 했다. 경계하고 경계해야 했다. 이상한 기미를 눈치챘을 때는 이미 늦어 버린 뒤였다.

이슥한 밤에 찾아온 고가 뜨악한 표정으로 고개를 갸웃거렸다.

"밖에 누구지? 어제도 본 얼굴인데."

실은 호도 의아해 하는 중이었다. 자취방이 북신로 큰길가에 있다고 하지만, 며칠 전부터 골목에 수상쩍은 사내들이 서성거리고 있었다.

하나둘 연락이 안 되기 시작했다.

"이상하다, 여기서 만나기로 했는데…."

호의 자취방으로 온다는 약속은 깨졌고,

"집에 없다."

찾아가면 만날 수가 없었다. 바깥채 불빛에 친구 그림자가 어른거리는데도.

그때만 생각하면 호는 헛웃음이 나왔다. 그런 식으로 발각될 줄이야. '낮말은 새가 듣고 밤말은 쥐가 듣는다'지만 별채에 형사가 살 줄이야. 나중에 알았다. 주인집 별채에 형사가 살았다는 걸. 출입하는 문도 멀찍이 떨어져 있고, 어쩌다 드물게 골목에서 그 집 사는 아이들 얼굴 한두 번 본 게 고작이었다. 그 집에 누가 사는지 관심도 없었다. 그 집 사는 형사는 달랐을 것이다. 선거 후 육지부의 동향이 심상치 않으니 도내에도 학생 동태 파악 경계령이 내렸다고 한다. 정리하면 이렇다. 별채 형사는 자취방을 들락거리는 우리 동태를 상부에 보고했고, 골목에서 보이던 낯선 사내들은 사복형사 감시조였으며 시위에 참여하기로 한 친구들은 일가친척과 선생, 교수 들의 회유를 받고 연락을 끊은 것이다.

연락을 끊은 친구들 중에서 호가 제일 큰 배신감을 느낀 건 박이었다. 몇 번을 찾아가도 만날 수가 없었다. 집에 있는 게 분명한데. 하루는 고약한 마음이 들어 골목에 버티고 서 있었다. 박은 끝내 나오지 않았다. 며칠 뒤 박의 편지를 받았다.

큰아버지께 불려 갔다. 작은아버지는 병으로 돌아가신 게 아니라 하셨다. 4·3 때 대구형무소로 끌려가 6·25 난리통에 행방불명됐다 하셨다. 생사도 모른 채 10여 년이 지났고 형사들이 지금도 '빨갱이 동생한테 연락 없냐'며 찾아온다고. 나에게 비밀로 한 것은 알아서 좋을 게 없고, 내 앞길에 방해가 될까 싶어서라고 하셨다. 나로 인해 우리 집안에 형사들이 찾아오는 일이 생길까 무섭다 하셨다. 앞으로 어떤 경우에도 나서지 마라, 부탁이다 하셨다. 그런 말씀을 듣지 않았다면 모를까, 듣고도 분연히 떨쳐 나설 만큼 나에게는 용기가 없다. 미안하다.

호는 박을 미안하게 해서 미안했다. 발각되지 말았어야 했다. 더 주의를 기울여야 했다. 4·3은 제주 사람을 옭아맨 족쇄였다. 큰아버지가 조카를 불러 형사가 찾아오는 일이 더 생길까 무섭다, 말할 정도로. 무섭다니. 호는 그 말의 무게에 기가 질렸다. 어떤 세상이 되어야 그 무서움이 사라질까? 무엇이 그 무서움을 끊을 수 있을까? 만약 어머니가 나를 불러 그리 말씀하셨다면 나는 어찌했을까? 박의 편지를 받은 날 밤 호는 밤새 뒤척였다. 이튿날 남원 본가로 어머니를 뵈러 갔다. 몇 달 동안 한 번도 들르지 않은 아들이 왔건만 어머니는 무심하게 곤포(다시마)가 없다는 소리만 하셨다. 그 무심함이 호는 더없이 좋았다. "다음에는 꼭 곤포밥 해 주세요." 너스레를 떨었고, "쓸데없는 투정 부리지 말고 어서 가서 네 할 일 똑똑히 하라." 호통을 들었다.

시위가 발각된 걸 알고 제일 괴로웠던 건 고등학생들도 우리 때문에 꼼짝 못 하게 된 건 아닌가, 그것이었다.

'대학생들이랑 같이요? 우리도 계획이 있습니다.'

그 말이 계속 걸렸다.

"우리가 다 망친 거 아닌지 모르겠다."

고도 잔뜩 풀이 죽어 지냈다.

"그러니까 계속하자."

호와 고는 그 뒤로도 계속 시도했다. 전국적으로 휴교령이 내려진 4월 20일에는, 법학과 강의실에 30여 명이 모여서 부정 선거 규탄 성명서를 낭독하고 구호를 외쳤다. 득달같이 달려온 교수, 교직원, 학생 간부 들에게 저지당하고 말았지만.

호는 기억한다. 그즈음 도지사는 이런 담화를 발표했다.

"*제주도만이 평화를 유지할 수 있는 것은 오로지 도민들의 지각 있는 행동 덕분이다.*"

도지사의 칭찬은 더없이 치욕스러웠다. 그가 생각하는 평화란 '학생 시위 없음'일 테니. 인정한다. 이승만 대통령 하야 성명이 나온 날까지 제주에서 학생 시위는 없었다고 해야 맞을 것이다. 육지에서 벌어진 격렬한 데모에 비교하자면 우리의 목소리는 찻잔 속 태풍 같은 것이었으니.

그래서 이승만 하야 성명이 나오던 날, 호와 친구들은 그 어떤 때보다 냉정해지려 애썼다.

"결국 우리는 이날까지 아무것도 못 했구나."

달아오르는 마음에 차디찬 냉수를 끼얹었다. 하지만 기회를 놓칠 수 없다고 생각했다. 부정과 비리 위에 세워진 공포의 평화가 아니라 언제든 말할 수 있고, 무서워하지 않아도 되는 자유의 평화를 잡을 기회.

"하자. 이번에는 정말 잘하자. 이승만 하야는 끝이 아니라 시작이다. 얼마나 기다렸던 기회인가. 더 늦기 전에 우리가 앞장서자!"

그날 밤 제주인쇄소에서 관덕정 궐기대회를 알리는 전단을 찍었다. 전단을 찍을 때도, 다시 친구들을 찾아가 관덕정에 모이자, 청할 때도 다음 날 그렇게 많이 모일 줄은 몰랐다. 골목골목 독자적으로 모여서 나온 고등학생들이 합류하면서 관덕정 광장에 모인 시위대는 어림잡아도 1500으로 불어났다. 열기가 달아오르자, 고등학생 몇이 경찰국 근처에 서 있던 제주대학 버스를 공격했다. 이유를 알고도 남았다. 고가 그들에게 다가갔고, 손가락을 깨물어 혈서를 썼다. 기성세대 물러나라.

관덕정 시위는 사흘 동안 계속됐고, 경찰의 저지 속에서도 시민들 호응은 점점 더 커졌다. 폭풍처럼 몰아쳤다.

"자유당 정권은 물러나라!"

"부정 선거 진상을 밝혀라!"

"책임자를 처벌하라!"

"사퇴하라! 사과하라!"

호의 귀에는 아직도 관덕정을 울리던 그 목소리가 쟁쟁했다. 기회를 기다리고 있던 것은 호와 고, 친구들 몇몇만이 아니었다. 모두 숨죽여 있었으나 기다렸던 것은 매한가지였다. 사흘 시위 내내 박을 볼 수 없었지만 어디선가 그도 두려움 없이 저항할 수 있는 세상을 기다리고 있을 것이라고 믿었다. 다만 지금 곁에 없을 뿐.

*

그때 형사가 호를 발로 툭툭 찼다.

"이 새끼가 아주 여기서 자빠져 잘 기세네."

그 사이, 세수라도 하고 왔는지 셔츠 앞자락이 젖어 있었다.

"오늘은 끝을 내자."

턱 끝으로 호에게 의자에 앉으라는 신호를 보냈다.

호가 전에 쓴 진술서를 차례로 넘기며 말했다.

"죽어도 배후 세력은 없다 이거지?"

배후 세력을 내놓으라는 추궁을 이제 포기한 것일까?

호는 입안에 고인 침, 피 맛이 도는 침이 신경 쓰였다.

"좋다. 그러니까 누구의 조종도 받지 않고 관덕정 시위를 주도했고, 통일방안 공청회도 주도하고, 사삼 진상 규명 동지회 만들어서 그것도 주도하고, 인정하지?"

그가 하려는 다음 말이 무엇인지 알았으나, 호는 고개를 끄덕였다. 지금까지 반복된 과정이었다.

"그런데도 빨갱이는 아니다? 네가 무슨 수박이냐? 속은 빨간데 겉은 퍼렇다고 우기게!"

호는 대답하지 않았다.

"저기."

침을 뱉고 싶었다.

"뭐?"

형사가 고개를 들어 호를 쳐다봤다.

"수건 좀."

호가 책상에 걸쳐 놓은 수건을 쳐다봤다.

"왜? 얼굴이라도 닦으시게."

그가 입꼬리를 올리며 야비하게 웃었다. 호는 참지 못하고, 책상 위에 침을 뱉었다. 피가 섞인 침. 그리고 피식 웃었다.

"이 새끼가!"

형사는 또 자동인형처럼 벌떡 일어났다.

그때 방첩대 조사관이 들어오지 않았다면 다시 멱살을 잡았을 것이다.

"혁명의 시대로 가기가 쉽지 않지요?"

방첩대 조사관은 쩔쩔매는 형사를 힐긋 쳐다보더니 수건을 집어 호에게 주었다.

"닦아라."

호는 야비한 형사보다 혁명의 시대 운운하는 방첩대 조사관이 훨씬 더 싫었다.

"잠깐 나가서 쉬고 오십시오. 여기는 나한테 맡기시고."

직접 나서는 경우가 아예 없었던 건 아니지만 이렇게 형사를 내

보낸 적은 없었다. 그는 언제나 자신만만해 보였다. 항상 방금 다림질을 끝낸 것처럼 날렵하게 주름이 잡힌 군복과 번쩍번쩍 광이 나는 긴 장화를 신고 나타나, 의자에 길게 다리를 꼬고 앉았다. 제가 무엇이라도 되는 양.

"알고 있겠지만 나는 폭력을 싫어한다. 그런 거야 자신에게 확신이 없는 자, 자신을 통제할 수 없는 자나 쓰는 거지."

호를 쳐다보며 그가 은근하게 말했다.

"자, 그럼 시작해 볼까? 사삼을 조사하겠다고 생각한 계기가 뭔가?"

또 4·3이군.

"신문을 보고 생각했습니다."

이미 그렇게 대답했었다.

"신문이라."

그가 웃었다. 박의 편지가 두고두고 마음에 남아서라고 하는 편이 정확하겠지만 저런 자에게 박의 이름을 언급해서 될 일인가. 게다가 신문을 본 것 또한 사실이었다.

"좋다. 어떤 신문인가? 복간된 경향? 주로 봤다는 한국일보? 구체적으로 말하라. 어떤 신문? 누구의 칼럼인가?"

"한국일보 일면 기사를 보고 생각한 거라고 이미 말씀드렸습니다."

"칼럼도 보았을 것 아닌가? 잘 생각해."

그가 또 웃었다.

"일 년 전으로 돌아가 보라고. 너 자신을 위해서."

그는 시간을 주겠다는 듯 의자 등받이에 깊숙이 몸을 기댔다.

1년 전, 1960년 5월

《한국일보》 1면에 실린 양민 학살 진상 조사단의 거창학살사건 조사 시작 기사를 보았다.

"사삼도 조사하겠지?"

곁에 있던 고가 호의 마음을 읽은 듯 물었다. 호는 그때 박의 큰아버지를 떠올리고 있었다.

'이 기사를 보고 무슨 생각을 하실까?'

그러나 기대와는 다르게 4·3사건을 조사한다는 소식은 없었다.

"육지 사람들은 아예 사삼을 모르는 것 아닌가?"

고는 떨떠름한 표정을 지었다.

"알아도 빨갱이들 폭동이라고 생각할지 모르지."

호는 그럴지 모른다 생각했다.

"남녀노소 제주도민이 그렇게 많이 죽었는데, 전부 빨갱이라니 말이 되나?"

"국회가 안 하면 우리가 하자."

호는 4·3을 세상에 꺼내 놓는 일이 제주에서 가장 시급한 일인지도 모르겠다고 생각했다. 무서움을 끊으려면 그 정체를 똑바로

봐야 할 테니.

그러나 그 일이 그토록 어렵게 진행될 줄은 예상하지 못했다. 4·3 진상 조사를 하겠다는 우리의 움직임이 알려지자 여기저기서 경계하는 목소리가 흘러나왔다.

제주 출신 국회의원 셋은 이렇게 말했다.

"*좌익 세력에 역이용되지 않도록 냉정과 신중을 기해야 한다.*"

제주경찰국장은 이렇게 말했다.

"*사일구혁명은 공산국가는 물론 독재국가를 배척하자는 의도로 일어난 것이니 도민은 이런 시기일수록 신중을 기하여 양민 학살을 가장한 적색분자의 역이용을 막아 내야 한다.*"

오래전 이승만을 국부로 치켜세우던 대학교수는 이렇게 말했다.

"이봐, 자네들 뜻은 내가 잘 알지. 하지만 지금은 시기가 너무 빠르네. 사삼을 감당할 만큼 시대가 무르익지 않았어. 뒷탈이라도 생기면 어떻게 감당을 할 건가? 자네들 부모 생각은 하나?"

'어머니를 생각하니 더 잘 똑똑히 해야겠습니다' 하고 싶은 것을 호는 꾹 참았다. 그들은 진실을 두려워하고 있었다.

그즈음 호는 우연히 교정에서 박과 마주쳤다.

"잘 지내지?"

호는 먼저 인사를 건넸다. 박이 눈길을 피했기 때문이다.

"게메. 나야 뭐…."

악수라도 청하고 싶었지만 도망치듯 자리를 피하는 박을 잡을 수 없었다.

그런 분위기 속에서 4·3 진상 조사를 함께하기로 의기투합했던 친구들이 하나둘 떨어져 나갔다. 스무 명이 넘었지만 남은 것은 일곱. 호를 비롯한 고, 정, 구, 화, 채, 혁.

"지금 나간다고 해도 비난 안 한다."

항상 앞장서자고 재촉하던 고도 이번에는 달랐다.

"내 생각도 같다. 뒷날 후회하지 않을 사람만 같이 가자."

호의 말이 끝나자 한동안 침묵이 흘렀다.

4월 시위 준비 때는 해 본 적 없는 말이었다.

우리는 조사를 시작하기 전에 우리를 향한 암묵적인 제지에 대답하기로 했다. 논의 끝에 우리 7인 이름으로 《제주신보》에 호소문을 냈다. 우리는 충분히 경계하고 있으며 우리가 원하는 것은 4·3의 진상을 밝혀 도민의 한을 합법적인 절차에 따라 해소시키는 것이라는 요지였다.

각오는 비장했으나 우리는 고작해야 빈털터리 대학생 일곱이었다. 머리를 짜낸 끝에 우리가 선택한 방법은 도보 일주. 기간은 1주일. 서쪽부터 시작해서, 일주로를 따라 1박씩 하면서 도내 전역을 돈다. 중산간 아래 해안 마을을 먼저 조사한다. 한림, 대정, 서귀포, 남원, 성산, 구좌, 조천, 제주시. 마을에 도착하면 제일 먼저 이장을 만난다. 일시, 만난 사람, 조사 내용은 빠짐없이 당일 노트에 기록한다. 1박은 우리 가운데 당일 조사한 지역에 본가가 있는 사람 집에서 자거나 그 지역의 친구 집을 이용한다.

우리는 동이 트기도 전에 일어나 몇십 킬로미터를 걸었다. 그늘 한 점 없는 일주로에는 달구어진 햇볕이 쨍쨍 내리쬐고, 어쩌다 버스가 털털거리고 지나가면 흙먼지를 홀딱 뒤집어썼다. 발은 퉁퉁 붓고 낡은 운동화는 밑창이 너덜너덜해졌다. 하지만 누구도 힘든 기색을 드러내지 않았다. 사실 힘든 것도 몰랐다. 이상하게 배도 고프지 않았다. 1박 하는 친구 집에서 저녁으로 내준 보리밥을 양푼에 붓고 된장에 비벼 우적우적 먹어 치우고 잊어버리기 전에 노트에 깨알 같은 글씨로 그날 조사한 내용을 옮겨 적었다. 금방이라도 곯아떨어질 것 같았지만 우리는 쉽게 잠들지 못했다.

"사삼이 참 무서운 거네. 나는 어제부터 악몽도 꾼다."

조사가 끝나 갈 무렵 고가 말했다.

4·19로 세상이 달라졌어도 모두가 4·3을 두려움 없이 꺼내 놓을 만큼은 아니었다.

"사태(제주 사람이 4·3을 가리켜 이르는 말) 때? 알아서 뭐하게?"

"뭘 자꾸 고라(말해) 달라고 해? 그런 걸 무사(왜)?"

"몰라. 나는 몰라."

"내가 고라 줬다고 허지 마. 내 이름 석 자 어디다 적지 마."

호는 날마다 그런 말을 들었다.

'어머니는 그때 이미 알고 계셨구나.'

체포된 뒤 4·3 진상 조사에 관해 집중 추궁을 받으면서 호는 문득 그런 생각이 들곤 했다. 호의 남원 집에서 1박을 한 것은 넷째 날 밤이었다. 변소에 다녀와서 친구들이 잠든 방으로 들어가지 않고 툇마루에 앉아 하늘을 올려다보고 있었다. 쨍하게 맑은 밤하늘에 별이 총총 떠 있었다. 왜인지 연거푸 한숨이 나왔다. 그 소리에 깨신 것인지 어머니가 주무시는 방문이 열렸다.

"걱정이냐?"

"아니요."

"명심허라. 뒷날 이 일이 너를 따라다닐 것이다."

그리고 문을 닫으셨다. 그게 다였다. 그 뒤로 어머니는 이 일에 대해 한 번도 언급하지 않으셨다. 가을에 집에 갔을 때도 그 노트가 무엇인지 묻지 않았다. 그 노트는 잘 있을까? 어머니는 그 노트를 펼쳐 보셨을까? 호의 생각이 어머니 궤 속으로 달려갔다.

*

그때 방첩대 조사관이 호를 불렀다.

"이봐, 이봐!"

"아, 네."

호는 다시 정신을 가다듬었다.

"생각났나?"

그가 책상을 손끝으로 톡톡 쳤다.

"아니요."

"거참 그처럼 중차대한 일을 하는데 어떤 사람도, 어떤 글의 영향도 받지 않았다?"

누구의 칼럼을 읽었다고 하면 그를 배후로 지목하겠다?

"설마 자신이 한 일이 어떤 의미인지 아직도 모르고 있나?"

호가 그의 얼굴을 빤히 쳐다봤다. 그는 부드러운 미소를 지었다. 소름이 끼쳤다.

"안타깝군. 지금이라도 내 말을 잘 들어 보게. 데모나 하고 다녔지만, 명색이 법학을 공부한 대학생 아닌가? 내가 쉽게 설명해 주겠네."

그는 손끝으로 책상에 동그라미를 그려 대기 시작했다.

"자, 여기를 봐. 사삼은 북한 남로당이 일으킨 무장 폭동이지. 목적은 남한 사회 전복. 그러므로 자네가 사삼 진상 규명 운동을 한 것은 남로당에 동조한다는 뜻이 되네. 진상 규명 호소문을 살포한 것은 북한을 이롭게 한 이적 행위, 특수 반국가 행위가 되고. 그것을 자네가 배후 세력 없이 주도했다는 것은 자네가 바로 북한 남로당 동조 세력의 수괴라는 뜻이고. 그러니 이제라도 누구의 지시를 받은 것인지 고백하는 게 현명한 선택이 아니겠나? 그것이 꼭 직접적인 지시가 아니라도 말이야."

그는 자신의 이야기가 몹시 만족스러운 듯했다. 그의 얘기를 들으니 호는 자신이 어마어마한 조직의 우두머리가 된 것 같았다. 흙먼지를 뒤집어쓰고 1주일 내내 도보 일주를 한 일곱 명의 대학생 중에 하나가 쓰기에는 우스꽝스러운 감투였지만. 동시에 그 감투를 벗어 그의 얼굴에 던져 주고 싶은 열렬한 오기가 생겼다.

"현명한 선택에는 시간이 필요하지. 생각할 시간이 더 필요한가?"

호는 진술서 종이 위에 철필을 뚫어져라, 쳐다봤다. 이럴 때 고라면 뭐라고 할까? 문득 혈기 넘치는 고가 그리웠다. 그러자 그때가 생각났다. 언젠가 뒷날 고를 만나게 되면 이 일을 말해주리라.

"조사관님!"

호가 고개를 들고 그를 쳐다봤다.

"그래, 무엇이든 말하라."

"그 전에 제가 한 가지 물어봐도 되겠습니까?"

"물론이다."

"소련은 공산주의 국가이지요?"

"그렇지."

"공산주의 국가를 찬양하는 건 이적 행위고."

"그런데?"

그의 말투가 살짝 변했다.

"그렇다면 제 부족한 머리로는 이해할 수가 없네요. 소련이 스푸트니크 발사에 성공했을 때 대서특필한 신문들이 한둘이 아니었는데 말입니다."

"그게 어쨌다는 건가?"

처음으로 그의 눈썹이 꿈틀거렸다.

"어떤 신문은 제호까지 아래로 내리고, 일 면 상단에 시커멓게 제목을 콱 박았거든요. 소련 우주로 먼저 가다! 아마 그런 제목이었을 거예요. 보셨나요?"

조사관은 천천히 자리에서 일어나 팔짱을 끼고 걷기 시작했다. 한 발짝 두 발짝 다시 뒤돌아 한 발짝. 어쩌면 그는 자신의 표정을 보이고 싶지 않은 건지도 모른다.

"계속하게."

군홧발 소리가 조사실에 텅텅 울렸다.

"이상해서요. 조사관님 말씀대로라면 그 신문 기사야말로 공산주의 국가 소련을 찬양하는 기사고 그것은 곧 이적 행위인데, 왜 그냥 뒀을까요? … 아!"

호가 그때야 깨달은 듯 말을 멈췄다.

"혁명의 시대가 됐으니 그 기사를 실었던 신문들도 저처럼 이적 행위, 공산주의 찬양고무죄로 죄다 폐간됐겠군요. 그런…."

채 말을 끝내기 전에 호의 비명이 터졌다. 조사관의 손이 호의 목덜미를 뒤에서 움켜잡았고, 그의 군홧발이 호의 정강이를 세게 파고들었다.

*

'저자가 왜 벌써 나왔을까?'

그녀는 건물 밖으로 나와 뻑뻑 담배를 피워 대는 형사를 쳐다보았다. 그는 벌써 세 대째 연달아 담배를 피워 대며 무어라 중얼댔다. 이쪽을 힐긋거리며 꽁초를 집어 던지고 가래침을 뱉어 구둣발로 짓이기듯 비벼 대기를 반복한다. 제 성질을 못 이기는 꼴이 비위가 틀어지면 손질도 서슴없이 할 자다.

'저자에게 얼마나 고초를 당했을꼬.'

그녀는 부들부들 떨리는 손에 힘을 주고 형사를 노려보았다.

사태 때 일을 조사한다고 했을 때 행여나 뒷날 탈이 날까, 염려했다. 집안 조카가 찾아와 "당장 올라가서 말리세요!" 했지만 그러지 못했다. 촌에서 농사나 짓는 촌부라지만 아들이 옳은 일을 한다는데 무슨 명분으로 하지 말라 할까. 어느 것 하나 제 어미한테 의존하지 않고 제 앞길 알아서 개척하며 사는 아들이었다.

그래서 친구들과 집에 왔을 때 그러길 잘했다 싶었다. 도새기(돼지)처럼 새까맣게 그을린 얼굴에 걷지도 못할 만큼 퉁퉁 부은 발을 하고서도 하고 싶은 일이라면 어미가 되어서 막아서는 안 되는 법이다. 그런데도 한마디하고 말았다. 하지 말 것을.

"뒷날 이 일이 너를 따라다닐 것이다."

무엇을 바라고 자식에게 그런 소리를 했을꼬.

그 말이 씨가 되어 이리된 것은 아닐까, 그녀는 날마다 생각했다. 아들이 체포됐다는 소식을 듣고, 세상이 다시 군인들 세상이 됐다는 걸 알고 하늘이 무너졌다. 득달같이 조카가 와서 눈을 번득이며 호가 써 둔 글이 있으면 다 태워 버리라고 했다. 퍼뜩 궤 속에 넣어 둔 그게 생각났다.

지난해 가을 어느 날, 아침 일찍 호가 집에 왔다.

"어머니!"

씩 웃었다.

"무슨 일이냐?"

"오늘은 곤포 있어요?"

어릴 적부터 호는 곤포밥을 좋아했다. 그래서 우도 사는 이에게 해마다 곤포를 구해 두곤 했는데 지난봄에 불쑥 왔을 때 없어서 낭패를 보았었다.

"오늘은 있다."

중한 일이 있어서 왔겠지만, 이유는 묻지 않았다. 곤포와 잡곡을 물에 불리고, 밭일을 다녀왔더니 그사이 말끔하게 닭장 청소를 하고, 뒤뜰에 한가득 땔감을 해 놓았다.

점심으로 차려 준 시커먼 곤포밥 한 그릇을 달게 뚝딱 먹어 치웠다.

"이것 좀 어머니 궤에 넣어 주세요. 자취방엔 드나드는 사람이 많아서요."

손때가 묻은 대학 공책 다섯 권을 내밀었다.

친정어머니한테 물려받은 밭문서, 제사에 쓸 흰쌀 한 되, 급할 때 쓰려고 돌돌 말아 둔 종이돈 같은 중한 것이 든 궤였다. 그 공책이 그만큼 중하다는 것일 터.

"알았다."

두말없이 받아두었다. 호도 더는 이렇다 저렇다 이유를 대지 않았다. 제 어미가 알았다고 했으면 그것이 제가 다시 와서 찾을 때까지 궤 속에 중하게 있을 것이라는 걸 알기 때문이다.

"다음에 오면 풍채(바람막이) 손봐야겠어요."

그러고는 숟가락 놓기 무섭게 일어나 가 버렸다.

궤에서 꺼내 들춰 보니 짐작했던 대로 사태 조사하러 다닐 때 지니고 다니던 공책이었다. 그걸 아궁이에 넣고 홀랑 태웠다. 훨훨 재가 날릴 때마다 사지가 벌벌 떨렸다. 차마 다 태우지 못하고 아들 글씨가 보이는 몇 장을 뜯어 놓았지만, 그것도 그날로 성냥불에 태우고 말았다. 딱 한 장, 꼬깃꼬깃 접어서 몸속 깊이 지니고 다녔다. 그러다 어젯밤에 그것도 태웠다. 그것을 남겨 품에 지니고 있다가 뒷날 아들에게 주려는가? 아, 이것은 어미가 지켰다. 그리 생색이라도 내려는가. 이미 아들이 중히 여긴 것을 어미가 제일 먼저 태워 없앴다. 어느 깊은 곳에 넣어 둘 생각조차 안 했다. 집 안에

두지 않아도 되었다. 밭에 묻어 둘 수도 있었다. 왜 그런 생각조차 … 머릿속이 핑그르르 돌았다.

"이보시오! 이보시오!"

형사가 그녀를 잡고 흔들었다.

"정신 좀 차리시오!"

그녀가 실눈을 떴다.

"아니 그러니 만날 여기 와 이럴 일이요."

형사는 가슴이 철렁했다. 하필 자기 눈앞에서 그럴 것이 무엇인가? 싶었다.

"괜찮소."

그녀가 그의 손을 밀어 내며 고쳐 앉았다. 그러자 그도 정신이 돌아온 듯 그녀에게서 멀찍이 떨어졌다.

"이제 여기 오지 마시오!"

그녀는 말없이 그를 올려다보았다.

"이런다고 아들에게 좋을 것 하나 없소."

그가 말했다.

"허면 어떤 것이 좋을 것이오? 알려 주면 하리다."

그녀가 덥석 그의 팔을 잡았다.

"이 여편네가 미쳤나!"

그가 펄쩍 뛰며 그녀를 밀쳐 냈다. 그때 뒤에서 그를 부르는 목소리가 들려왔다.

"어이! 김 형사!"

방첩대 조사관 목소리였다.

*

"오늘 조사는 끝이다."

숨을 헐떡이며 나타난 형사가 호의 손에 수갑을 다시 채웠다. 수건을 잡아 호의 얼굴을 닦고 옷매무시를 고쳐 주었다. 그의 머릿속에 당장 올라가서 호를 다시 유치장에 처넣으라고 하던 조사관 얼굴이 떠올랐다.

'이놈 행색을 보니 더럽게 팼구먼, 폭력은 어쩌고저쩌고 잘난 척을 해 대더니.'

그는 어쩐지 기분이 좀 나아지는 것 같았다.

호도 어쨌거나 다행이라고 생각했다. 지금 나가면 어머니는 다른 날보다 일찍 돌아가실 것이니. 절뚝대지 않고 잘 걸어야 할 것이다.

"너 이 새끼. 내 말 잘 들어."

조사실 문을 열어 놓고, 형사는 호의 팔을 잡았다.

"나가면 어머니한테 다시는 오지 말라고 해."

"어머니와 말을 하게 해 준다는 말입니까?"

"그래그래. 해 준대도 말이 많아!"

그는 거머리 같은 그 여자를 다시는 보고 싶지 않았다.

"확실하게 못 오게 해."

조사관도 나갔고, 잠깐이면 될 일이다. 아들 말이면 듣겠지.

"가 봐, 얼른."

그가 호를 녹나무 아래로 밀었다.

"어머니!"

호는 웃었다.

핏기 없는 어머니의 눈에 눈물이 고였다.

"이제 오지 마세요. 저 어머니 보기 싫어요."

어머니가 수갑 찬 호의 손을 잡았다.

"용서해 다오, 내가 다 태웠다."

'그래서 몸이 저리 상하신 것인가?'

"어머니! 괜찮아요. 앞으로 많은 뒷날이 올 거예요. 태워도 없어지지 않아요."

호가 다시 웃었다.

그리고 저 멀리서 녹나무 아래 호와 어머니를 향해 소나기를 품은 바람이 불어 왔다.

제주, 관덕정 학생 시위

작중 인물 호는 4·19 당시 제주 시위를 주도한 이문교(당시 제주 대학교 법학과 2학년 재학) 선생을 모델로 하였다. 인터뷰를 진행하면서 체포 후 어머니가 매일 경찰서 녹나무 아래에서 기다린 일화를 듣게 됐고, 이를 큰 틀로 하여 작품화하였다. 역사적 사실과 인터뷰를 바탕으로 작중 인물의 심리, 관계, 가공의 인물 삽입 등등 소설적 각색을 거쳤다. 작중 인물 호가 그랬듯 5·16 직후 체포된 이문교 선생은 제주경찰서 대공계에서 용공 혐의로 조사를 받고 7월 초에 서대문교도소로 이감됐다. 혁명검찰부의 조사를 받으며 수감 생활을 하다가 같은 해 11월 기소유예 처분을 받고 석방됐다. 5·16쿠데타로 들어선 국가재건최고회의 의장 박정희의 미국 방문을 앞두고 벌어진 일이다. 이때 계엄포고령 위반으로 긴급 체포 구속된 전국 대학생 스물다섯 명이 동시에 석방됐다. 4·19 과정에서 4·3 진상 규명의 첫발을 내딛는 데 일조한 이문교 선생은 이후 언론인 생활을 거쳐 4·3평화재단 이사장으로 재임하는 등 제주 4·3 정신을 이어 가는 역할을 해 왔다.

4·19 당시 제주에서는 이승만 대통령의 하야 성명이 나온 다음 날인 4월 27일부터 관덕정 광장 일대에서 3일 동안 대규모 시위가 벌어졌다. 전국적 상황으로 보자면 때늦은 시위였다. 그 이전부터 이문교를 비롯한 제주대 법학과 학생들을 중심으로 시위 시도가 있었으나 발각되어 좌절된 것이다. 제주 4월 시위가 늦게 된 배경에는 지리적 격리 등의 외적 요인 외에도 4·3사건을 겪으면서 내재화된 국가 공권력에 대한 두려움, 레드 콤플렉스 등의 내적 요인이 작용한 것으로 분석되고 있다. 해방 후 1947년부터 1954년까지 7년 7개월 동안 계속된 제주 4·3사건의 와중에 제주도민 3만여 명이 희생됐다. 대다수가 국가 공권력을 대표하는 경찰과 군인에 의해 희생된 사실을 상기한다면 당시 제주의 분위기를 미루어 짐작할 수 있을 것이다.

4·3 이후 최초로 벌어진 대규모 시위인 만큼 제주의 4월 시위는 뜨겁고 구체적이었다. 3일 동안 이어진 시위에 대학생, 중고등학생, 시민 등 1만 5000여 명이 참여했다. 제주대 법학과 학생들이 주도하고 시내 중고등학생들이 합류하면서 본격화된 시위 첫날, "경찰국장은 나와서 불법 선거 사과하라", "도지사는 즉각 그 자리

에서 물러나라", "학원의 자유를 달라" 등의 구호를 통해 3·15 부정 선거 책임자 공개 사과 및 사퇴, 학원 민주화를 향한 구체적 열망을 드러냈다. 이날 시위대의 요구로 늦은 밤에 나타난 도지사는 시위대 앞에서 불법 선거를 시인하고, 사퇴 의사를 밝혔다.

이튿날 오전 시위대의 요구를 수용한 담화가 발표됐다. 도지사를 비롯한 경찰국장, 제주시장 등 제주 관료들이 사표를 제출한 것이다. 시위대는 이에 그치지 않고 시민들 앞에 직접 나와서 사과할 것을 요구하여 제주시장, 경찰국장 등의 공개 사과를 받아 냈다. 시위에 참여한 학생들은 4·19 시위 희생자 구호 성금 모금 운동도 전개했다. 이날부터 시위는 도내 읍·면 지역으로 퍼져 나갔다. 지역 중고교생이 주도하고 시민들이 함께하며, 학원의 자유와 부정 선거의 책임을 물어 면의원·도의원·면장 등 지역 공직자들의 사퇴를 촉구했다.

관덕정 시위 셋째 날 오후 시민과 학생 3000여 명이 모인 가운데 집회가 열렸다. "참다운 민주국가를 건설하자", "학도는 사태 수습의 선봉에 서자", "권력으로 모인 돈 국민에게 돌려줘라" 등의 구호와 함께 시가행진을 벌였다. 이후 제주대 학생 30여 명은 검찰청으로 향했다. 불법 비리 공무원의 처벌을 촉구하며 검사장과 격렬한 토론을 벌였고, 검찰청 주위에서 2000여 명의 시민이 이를 지켜봤다. 이렇게 사흘간의 시위가 끝나고 제주대 학생들과 시내 각 고등학교 대표들은 학생 연합 선무대를 조직했다. 4·19 희생

학생 합동 위령제, 4·19 희생자 구호 모금 운동을 전개했으며 도내에서 격화되는 시위 사태의 진정과 질서 회복에 앞장섰다.

제주 4월혁명 중심에 섰던 제주대 학생들은 이후에도 4·19 정신을 계승하여 지역 사회의 변혁을 꾀했다. 부정 선거에 관여한 지역 공직자 처벌과 도의회 해산 촉구, 새로운 학생 자치 기구를 통한 학원 민주화뿐 아니라 전국적으로 벌어진 통일 운동, 4·3 진상 규명 운동 등에 적극적으로 참여했다. 특히 제주대 학생 일곱 명(이문교·고시홍·박경구·고순화·황대정·양기혁·채만화)으로 구성된 '4·3 진상 규명 동지회' 활동은 4·19 이후 달라진 분위기 속에서도 큰 어려움을 겪었다. 4·3의 진실을 밝히려는 이들을 향해 도내 기득권 세력은 '적색분자의 역이용'을 경계해야 한다는 등의 발언을 쏟아냈다. 그러나 이들은《제주신보》에 호소문을 내고 도보로 도내를 일주하며 진상 조사를 진행했다. 이즈음 제주 출신 국회의원의 요청에 따라 국회 양민 학살 진상 조사단이 제주도에 내려와 4·3 진상 조사를 한다는 결정이 내려졌다. 피해 신고 접수 기간이 촉박했음에도《제주신보》를 통해 접수된 피해 신고는 총 신고 건수 1259건, 인명 피해 1457명에 이르렀다. 6월 6일 하루 동안 국회 진상 조사단의 피해자 증언 청취 및 조사가 있었다. 그러나 이후 국회에서 4·3 진상 규명에 관한 논의는 이루어지지 않았다.

4·19를 통해 부단하게 진행되던 제주 지역 안팎의 변화는 이듬해 5·16쿠데타로 좌초됐다. 4월혁명 중심에 있던 제주대 학생 이문교와 박경구, 4·3 진상 조사에 적극적으로 참여한《제주신보》신무방 전무가 긴급 체포되어 옥고를 치렀다. 그러나 제주의 4·19는 4·3으로 위축되었던 제주도민에게 시민이 국가와 사회를 바꿀 수 있다는 '시민의 힘'을 새롭게 자각시켰으며, 단발적인 시위에 머물지 않고 지역 사회를 민주적으로 변화시키는 과정을 통해 생생한 민주주의를 경험하는 역사적 자산을 남겼다. 4·3 진상 규명 운동 또한 이후 국가 공권력의 탄압에도 불구하고 계속 이어져 제주 4·3특별법 제정, 진상 규명 위원회 활동, 4·3 평화공원이 세워지기에 이르렀다.

그날,

화요일

윤혜숙 글쓰기와 함께 역사 공부를 시작했고, 이 무렵 알게 된 역사 이야기로 여러 스토리텔링 공모전에서 수상 이력을 쌓았다. 한국콘텐츠진흥원 원작소설 창작과정에 선정됐고, 《밤의 화사들》로 한우리청소년문학상을 수상했으며, 경기문화재단 창작지원금을 수혜했다. 지은 책으로 《뽀이들이 온다》, 《계회도 살인사건》, 《나는 인도 김씨 김수로》, 《피자 맛의 진수》, 《기적을 불러온 타자기》, 《번쩍번쩍 눈 오는 밤》, 《내 친구 집은 켄타 별》, 《광장에 서다》(공저), 《대한 독립 만세》(공저), 《여섯 개의 배낭》(공저), 《이웃집 구미호》(공저) 등이 있다.

D-Day 전날

"날 생각해서라도 데모대에 낄 생각은 하지도 마라."

아침에도 교사인 형은 다짐을 받고서야 승호 팔을 놓아 주었다. 당부가 아니라 데모하지 말라는 으름장이었다. 고개는 끄덕였지만 승호는 형 말을 한 귀로 듣고 한 귀로 흘렸다.

핀 뽑힌 시한폭탄처럼 하루하루가 위태위태했다. 동대문경찰서 형사들도 학생들이 부화뇌동하지 않게 단속해 달라며 뻔질나게 학교에 들락거렸다. 현 장면 부통령이 수년간 교장으로 재직했던 것 때문에 미운 털이 박혀서 그런다는 건 세 살배기도 아는 일이었다.

수업이 끝나자 승호는 서무과로 향했다.

'현수막 만들려면 천이 필요한데, 살 돈은 없고 어쩌지?'

승호의 얼굴이 흐려졌다. 지난해 개교 50주년 기념행사 때도 손가는 일을 도맡았던 승호는 여차하면 바로 쓸 수 있게 현수막도 미리 준비해 두자 마음먹고 있었다. 승호는 행사 때문에 알고 지내는 서무실 미자 누나부터 찾아갔다. 전에 보아 둔 큰 붓이 창고에 있는지 알고 싶다는 승호 말에 미자 누나는 붓도 있고 빨간색과 검은색 잉크도 넉넉할 거라고 했다.

"천은 구했어?"

"아직이요. 아무리 뒤져도 쓸 만한 게 없어요. 살 돈도 없고."

승호의 말에 미자 누나도 걱정스럽게 물었다.

"얼마나 큰 게 필요한데?"

"도로에 나가 재 보니 한 차선의 폭이 사 미터쯤 되더라고요."

전교생이 다 참여할 테니 현수막 네 개는 준비해야 하고, 그러려면 적어도 16미터 이상의 천이 필요했다. 천을 살 돈도 없지만 나중에 경찰이 돈의 출처를 밝혀내면 학교로서도 곤란한 일이었다.

"혼자서 애쓰네. 내가 박 선생님한테 슬쩍 물어볼까?"

"그러지 마세요. 우리 일에 학교를 끌어들이고 싶지 않아요."

혼자 벙어리 냉가슴 앓듯 보낸 며칠이 생각나 승호의 얼굴이 어두워졌다.

서무과가 있는 빨간 벽돌 본관은 창문 폭이 좁아 위아래로 긴 아치형 건물이었다. 무심코 맞은편 창문을 보던 승호의 눈이 휘둥그레졌다. 복도와 강당 쪽 창문은 커튼 길이가 짧았지만 혜화동 로터리 쪽 창문에 달린 옥양목 커튼은 폭도 넓고 길이도 상당히 길었다.

'현수막으로 딱인걸. 하느님 감사합니다.'

승호는 저도 모르게 눈을 감고 성호를 그었다.

천이 해결됐으니 현수막을 매달 나무를 찾자는 생각에 온실로 갔다. 원예반이 관리하는 텃밭과 온실은 동쪽 교실 뒤편에 있었다. 짐작했던 대로 온실 내부를 수리할 때 쓰려고 장만해 둔 대나무들이 쌓여 있었다. 녹이 슬긴 했지만 톱도 있었다. 승호는 장대로 쓸 만한 여덟 개를 추려서 홈을 낸 후 자르지 않은 대나무들 사이에 섞어 두었다.

현수막에 넣을 문구도 미리 생각해 뒀으니 쓰고 만드는 데는 30분이면 충분했다. 시위가 벌어지면 그때 커튼을 뜯어내면 될 것 같았다. 승호 입에서 자꾸 피식피식 웃음이 새어 나왔다.

학도호국단 단장인 어상이는 도무지 수업에 집중할 수 없었다. 대학 입시를 앞두고 있어 한창 공부에 열을 올려야 하는데 매일 날아드는 크고 작은 시위 소식에 마음이 뒤숭숭했다.

"우리는 언제 데모해요? 하기는 할 거죠?"

"김주열이 실종 한 달 만에 최루탄이 눈에 박힌 채 떠올랐다고요. 같은 고등학생으로 가만히 있으면 안 되는 거잖아요?"

대일이를 앞세운 2학년 아이들 몇이 몰려왔다. 어상이는 얼굴까지 벌게진 후배들을 보며 무슨 말을 하려다 그만뒀다.

"유세장에 강제로 동원되고, 일요일에 단체 영화나 보라 그러고. 그게 다 데모할까 봐 겁나서 그러는 거 아니냐고요?"

"가만히 있으니까 우리를 가마니, 아니 바보 병신으로 여기는 거잖아요?"

어상이의 어정쩡한 태도에 후배들은 잔뜩 불만을 쏟아낸 후 돌아갔다.

"후배들이 저렇게 나서는데 우리가 먼저 나서야 하는 거 아냐?"

주위에서 흘끔거리던 아이들이 어상이를 둘러쌌다.

"선생님들이 못 하게 막을 것 같아 그러냐?"

걱정으로 시작된 말은 불만과 격분으로 이어졌다.

"전교생이 한마음이면 선생님들도 어쩌지 못하실걸. 지난번에도…."

누군가의 입에서 지난 3·1절 기념식 이야기가 튀어나왔다.

그날도 200명의 동성고 학생들은 서울운동장에 있는 기념식에 강제 동원되었다. 기념식이 끝나고 시가행진 중에 자유당을 비난하는 내용의 삐라가 뿌려졌다. 경찰들은 동성고 대열에서 뿌려졌다고 트집을 잡더니 결국은 범인을 색출한다며 학생 대열에 뛰어들어 난동까지 부렸다. 결국 기념식에 참석한 문교부 장관이 동성고 학생들을 해산시키라는 지시를 내렸다.

"이승만 정권에 사사건건 반대하는 장면 부통령이 우리 학교 교장이었다는 것 때문에 그러는 거잖아?"

요즘의 데모가 '야당 세력의 배후 조종'이라는 오해를 씻으려고 선생님들은 조회와 종례 때마다 절대 몰려다니지 말고, 동아리 활동도 자제하라고 학생들에게 신신당부했다.

"어차피 억지로 끌려나왔는데 더 이상 꼭두각시놀음 안 하고 잘됐지 뭐."

"대통령도 문제지만 옆에 있는 떨거지들이 제 거 빼앗길까 봐 더 난리라니까."

3·15 부정 선거에다 이기붕 일가의 부정 축재 이야기에 이르자 아이들은 이 기회에 아예 대통령을 자리에서 끌어내야 한다며 열불을 냈다.

1교시가 시작되고 20분쯤 지났을 때였다. 학교 담 너머 대학로 쪽에서 '우와' 하는 함성 소리가 들렸다. 경찰의 저지에 부딪혀 혜화동 쪽으로 밀리던 시위대의 함성이었다. 고려대 형들이 '부정 선거 무효' 데모를 벌였고, 근처에 있던 대광고 아이들이 데모대를 뒤따랐다는 소문이 금세 교실을 휩쓸었다.

"우리도 당장 나가자."

"대책 없이 나갔다가는 시작하기도 전에 모두 끌려갈 텐데."

아이들의 말을 듣던 대일이의 숨이 거칠어졌다. 3학년 선배들의 뜨뜻미지근한 행동이 맘에 들지 않았다. 자기라면 책상 앞에 앉아서 공부나 한다고 해결될 시국이 아니라며 학생들이 먼저 앞장서야 한다고 핏대를 세웠을 것 같았다. 우리가 살아갈 나라니까 우리가 나서야 하지 않겠냐고 아이들을 설득하고 나섰을 것이다.

그때 경찰에게 쫓기던 한 학생이 학교 담을 기어올랐고 몇 학생은 담을 뛰어넘었다. 인도에 있던 경찰들이 기다렸다는 듯 학생들을 쫓아와 담을 넘는 아이들을 끌어내렸다. 곧이어 경찰봉으로 머리통을 내리치고, 쓰러지면 구둣발로 짓밟았다. 그러곤 우악스럽게 목덜미를 잡아끌고 가서는 트럭에다 내동댕이쳤다.

'데모 좀 한다고 경찰이 저래도 되는 거야?'

대일이의 주먹이 부르르 떨렸다.

그 모습을 지켜보던 아이들의 입에서 욕지기가 터졌다.

"학생한테 몽둥이찜질은 너무한 거 아냐?"

"가만히 있으면 안 되겠지?"

대일이가 권홍에게 눈짓을 보냈다. 수오, 창진, 성수도 반쯤 의자에서 몸을 일으켰다. 교단에서 내려온 선생님이 대일이의 어깨를 세게 눌렀다.

"지금 나가면 다쳐. 조금만 기다려 보자."

선생님이 뜯어말렸지만 소용없었다. 누가 먼저랄 것도 없이 아이들이 교실 밖으로 뛰어나갔다.

"우리도 나가자! 나와라, 나와라!"

정문 수위실 앞에서 대일이는 교실 쪽을 돌아보며 소리쳤다. 잠시 후 2층 창문에 몸을 내민 아이들 입에서 응원의 환호성이 터져

나왔다.

경찰 두 명이 대일이 쪽으로 빠르게 달려왔다. 다짜고짜 따귀를 올려붙이더니 대일이의 멱살을 그러잡았다. 몸을 뒤틀며 대일이가 거칠게 반항하자 경찰봉으로 허벅지를 내리쳤다. '윽' 하는 비명과 함께 대일이가 고꾸라졌다. 그 틈을 노려 옆의 경찰들이 대일이를 덥석 안아 트럭에 태울 기세였다. 권홍이, 성수, 창진이가 대일이를 빼내려고 덤벼들었지만 역부족이었다.

결국 경찰들은 마구잡이로 아이들을 트럭에 실었다. 미리 타고 있던 대광고 학생들이 대일이 일행을 보고 의미심장한 눈짓을 보냈다. 툭 불거져 나온 뒤통수를 쓰다듬으며 대일이가 싱겁게 웃었다.

"다시는 데모 안 하도록 잘 지도하겠으니 이 아이들 좀 풀어 주십시오."

미리 타고 있던 대광고 선생님이 매달리며 사정했다.

"데모하는 것들은 다 빨갱이야. 그걸 말리는 놈도 빨갱이라고."

경찰이 선생님의 뒷머리를 경찰봉으로 내리쳤다. 놀란 아이들이 비명을 질렀다. 선생님이 뒷머리를 감쌌지만 이미 손가락 사이로 시뻘건 피가 배어 나오고 있었다. 아이들이 손수건으로 선생님의 머리를 싸맸다.

"말로 하지 왜 사람을 쳐요?"

대일이가 대들자 경찰이 주먹으로 얼굴을 내리쳤다. 금세 대일이의 입에서 벌건 피가 흘러나왔다. 아이들이 너무하다며 대거리를 해 보았지만 날아드는 건 경찰봉과 발길질뿐이었다.

잠시 후 트럭은 동대문경찰서에 도착했다. 경찰서 안으로 들어서자 경찰 하나가 얼굴을 씻으라며 물이 담긴 양동이를 가져다주었다.

"이런 새끼들한테 무슨 세숫물이야? 물이 아깝다 아까워."

간부로 보이는 경찰이 양동이를 걷어찼다.

좁은 유치장에 아이들과 선생님을 몰아넣고는 곧 조사가 시작되었다.

"아버지 본적이 어디냐?"

"평안북도 철산인데요."

대답이 떨어지기 무섭게 "이놈의 빨갱이 새끼!" 하며 대일이의 가슴을 구둣발로 걷어찼다. 아이들의 눈이 휘둥그레졌다. 무자비한 경찰의 행동에 겁먹은 듯 아이들이 바짝 얼었다.

"학생은 잘못된 것을 봐도 못 본 척해야 하는 거야. 부정 선거든 아니든 학생은 학생 할 도리만 하라고. 주제넘게 나서지 말란 말이야."

어떤 대답을 해도 빨갱이와 연결시키고, 데모대에 낀 것 자체가 빨갱이 짓거리라며 아이들을 몰아세웠다.

조사는 자정이 넘어서야 끝났다. 누군가 뭉툭한 것으로 몸을 쑤셔 대는 바람에 대일이는 퍼뜩 정신을 차렸다. 새벽녘에 잠깐 잠이 들었던 것 같은데 벌써 밖이 훤했다. 뜬눈으로 밤을 새운 아이들은 벌겋게 충혈된 눈으로 주위를 두리번거렸다. 창살 너머 들리는 고함 소리에 아이들이 움칠했다.

얼마 뒤 머리에 붕대를 칭칭 감은 경찰서장이 나타났다.

"여기 동성고 학생들 어디 있어? 너희들 오늘 모두 총살이야, 이 새끼들!"

경찰서장이 빨리 끌어내라며 있는 대로 성질을 부렸다. 총살이라는 말에 아이들의 얼굴이 새파랗게 질렸다.

경찰이 다섯 아이를 검은 지프차로 밀어 넣었다. 뒷좌석 밑에 쪼그리고 앉자 경찰이 아이들 머리를 찍어 내렸다. 차는 골목길을 이리저리 휘저으며 달렸다. 아이들의 몸이 깡통에 담긴 돌멩이처럼 흔들렸다. 아이들은 입을 틀어막고 숨을 죽였다.

한참 만에 지프차가 섰다.

"경찰서에서 조사당한 일 떠들면 진짜 죽을 줄 알아!"

경찰이 눈을 부라렸다. 총살당할까 봐 겁먹었던 아이들은 안도의 한숨과 함께 그대로 주저앉았다. 간신히 정신을 차리고 보니 학교 앞이었다. 대일이와 아이들은 얼싸안고 참았던 울음을 터뜨렸다. 체육 선생님과 몇몇 선생님이 아이들을 발견하고 달려왔다.

D-Day, 피의 화요일

"어제 고대생들이 깡패들한테 무지하게 맞았대."

"쇠뭉치와 몽둥이도 휘둘렀다는데."

수업 종이 울려도 술렁거림은 줄지 않았다. 어제 평화로운 데모를 마친 고려대 학생들이 종로4가 천일백화점 앞에서 50여 명의 깡패들한테 기습 폭행을 당했다는 조간신문 기사에 아이들은 분노했다.

"어제 우리 학교 애들도 경찰서에 끌려가서 집에도 못 들어갔다고 그러던데…."

"대광고 애들이 끌려가는 걸 보고 이 학년 아이들이 구하러 나간거래."

서울대 문리대 쪽에서 함성 소리가 계속 들려왔다.

'진즉에 우리도 시위에 나갔어야 했는데….'

반장 쪽을 향해 고개를 돌리던 성환이의 볼이 실룩댔다. 며칠 전 성환이는 교문 앞에서 창덕여고 여학생 넷과 부딪혔다. 다음 날 남학교에 여학생들이 찾아온 게 보통 일은 아니어서 반장을 불러냈다.

"삼일오 부정 선거 반대 데모를 같이하자고 그랬는데 학도호국단에서 거절했다나 봐."

어물대는 반장에게 성환이는 그때 함께하자고 했어야 한다며 '졸장부'라는 막말까지 했다.

아이들의 웅성거림은 선생님이 교실로 들어와서도 좀체 수그러들지 않았다.

선생님은 출석부를 세워 들고 아이들을 한참동안 바라보았다.

굳은 얼굴로 창문 밖을 내다보던 선생님이 한참 만에 입을 열었다.

"… 부패하고 무능한 정부가 이제는 경찰도 모자라 깡패까지 동원해서 나라를 바로잡겠다는 학생들에게 무차별 폭력을 자행하고 있다. 이런 상황에서 공부…."

말을 끝낸 선생님은 수업도 하지 않고 바로 교실을 나갔다.

아이들이 술렁대기 시작했다. 나가자는 쪽과 전교생들의 뜻을 먼저 모아야 한다는 쪽으로 의견이 나뉘었다. 말만 무성한 아이들을 보며 성환이 벌떡 일어났다.

"우리도 데모에 나가자! 나와라! 나와라!"

운동장으로 달려 나간 성환은 계속 고함을 질렀다. 아무 반응이 없던 2층 복도 창문에서 1 · 2학년 후배들이 손을 흔들었다. 힘을 얻은 성환은 친구들 이름을 부르며 빨리 나오라고 더 크게 소리쳤다.

"운동장에서 모이자!"

고3 교실에서 시작된 움직임은 곧 아래층으로, 옆반으로 이어졌다. 몇몇 아이들은 운동장으로 나가자고 소리치며 각 반을 돌아다녔다. 모이자는 목소리들이 복도를 가득 채웠다. 누가 등을 떠밀어서도, 강요한 것도 아니었다.

이내 아이들이 봇물 쏟아지듯 교실을 뛰쳐나왔다. 아이들을 본 훈육 선생님이 정문 쪽으로 내려가 자물쇠로 정문을 걸어 잠갔다. 대운동장으로 몰려드는 아이들 앞을 선생님들이 막아섰다.

"가만있으면 안 된다고 하셨잖아요? 왜 막는 거냐고요."

성환이가 볼멘소리로 따졌다. 뒤따라온 아이들도 불만 섞인 항의에 동조했다.

"아직 교장 선생님이 허락하지 않았다. 너희들이 다칠까 봐 그러시는 것 같으니 흩어지지 말고 조금만 기다려 보자."

선생님들이 미처 잡을 새도 없이 아이들 몇은 교장실을 향해 뛰었다. 교장 선생님한테 직접 의지를 밝히겠다는 거였다. 아이들이 응원의 함성과 박수를 보냈다.

분위기를 살피던 승호가 대대장 철언이에게 다가섰다.

"현수막 만들게 삼십 분만 줘."

"그게 가능해?"

"예감이 이상해서 며칠 전부터 준비해 뒀거든."

승호는 어리둥절한 철언이의 어깨를 툭 쳤다.

2학년 몇 명을 데리고 승호는 온실로 향했다. 미리 잘라 놓은 대나무 여덟 개를 본관 현관 앞으로 옮기고 커튼을 뜯으러 갔다. 갑자기 몰려든 아이들을 보고 서무과 직원들이 막아섰지만 기세를 꺾지는 못했다.

"저걸로 현수막 만들 생각을 하다니, 역시 형은 천재야."

사다리 아래에서 진성이가 소리쳤다.

"유비무환하고 임전무퇴하면 백전백승, 몰라?"

로터리 쪽 창문에 달린 커튼을 승호가 힘껏 잡아당겼다.

"형은 미리 시위에 나갈 걸 알았다는 거잖아?"

눈치 빠른 서무실 미자 누나가 때맞춰 창고에서 붓과 잉크를 들고 왔다.

"잉크와 붓은 허락 없이 무단으로 가져온 걸로 해 주세요."

걱정스러운 얼굴로 지켜보던 서무실 박대영 선생을 보고 승호가 말했다. 학교 측이 학생들의 시위를 도왔다는 둥 방조했다는 둥 그런 빌미를 만들고 싶지 않았다.

民主主義 死守(민주주의 사수)하자

승호가 창고 시멘트 바닥에 커튼을 깔고 '민(民)' 자를 썼을 때였다.

"글씨가 바닥에 그대로 찍히는데…."

미자 누나의 말에 커튼을 들춰 보던 승호 얼굴이 하얗게 질렸다. 미자 누나가 얼른 구석에 쌓여 있던 신문지를 들고 와 조금 떨어진 곳에 깔았다.

"여기로 옮기는 게 좋겠어."

승호가 다시 글씨를 써내려 가는 사이 미자 누나는 양동이에 비눗물을 풀어 바닥을 닦아 냈다. 여러 번 닦았지만 경찰의 눈을 속일 수는 없을 것 같았다. 걱정 섞인 승호의 눈빛에 미자 누나는 잡동사니를 얹어 잉크 자국을 가렸다.

경찰의 어떤 저지에도 평화로운 시위를 한다는 각오를 드러낸 마지막 글귀에 승호는 잔뜩 힘을 실었다.

"시국에 딱 어울리는 문구 같지 않아?"

둘러서서 떠드는 말에 승호 입가에 미소가 걸렸다.

슬며시 나갔던 아이들 몇이 양동이를 들고 들어왔다.

"잉크가 모자랄 것 같아서요."

반 아이들이 잉크병을 모아 주었다며 뒷머리를 긁적였다. 승호가 아이들을 향해 빙긋 웃었다.

잉크가 마르기도 전에 아이들이 대나무에 커튼을 달았다. 복도에서 다다닥 뛰어가는 발소리가 들렸다. 전단지 등사를 끝낸 급사와 아이들이 운동장으로 나가는 모양이었다.

전교생이 운동장에 모였다. 아이들의 눈빛은 긴장감과 의연함으로 빛났다. 책가방과 교모는 교실에 두고 와 몸이 가벼운 아이들은 표정도 밝았다. 아이들이 속속 모여들고 학교 바깥의 경찰도 점점 머릿수가 늘어났다. 얼핏 봐도 50명은 넘는 것 같았다.

"우리가 현수막 들고 앞에 서자. 어때?"

홍섭과 민남은 공부도 운동도 늘 같이하는 동네 친구였지만 우형의 말투는 조심스러웠다.

"우리가 제일 큰형인데 당연히 그래야지."

흔쾌히 대답하는 친구들을 보며 우형이 어깨를 으쓱했다.

"넌 이과반에 가서 데모 같이하자고 그랬다며?"

"강제는 아니라고 그랬어."

"난 조금 협박했는데…."

"농담이야, 농담. 강제로 끌어낸다고 될 일이 아니잖아."

우형이 주먹을 들어올리자 홍섭과 민남이 손을 내저으며 히죽거렸다.

방송반 아이들이 마이크 장치를 설치하고 있을 때 어제 아침에 경찰에 연행되었던 대일이를 포함한 다섯 명이 돌아왔다. 아이들이 손을 들어 환호했다.

"전교생이 다 모였으니 보태지도 말고 빼지도 말고 사실 그대로를 이야기해 주기 바란다."

선생님의 말에 대일이가 자리에서 일어났다. 눈물자국과 멍투성이인 성수와 권홍, 창진, 수오를 한번 돌아본 후 대일이가 입을 뗐다. 대일이의 이야기가 길어질수록 분을 참는 듯 아이들과 선생님들의 얼굴이 일그러졌다.

잠시 후 교장 선생님이 굳은 얼굴로 연단에 올라섰다. 아이들을 부추겼다는 누명을 쓰고 화를 입을지 모를 일이라 옆에 있던 선생님들이 만류했다. 걱정 말라는 눈짓을 보낸 후 교장 선생님은 목소리를 가다듬었다.

"일사불란하고 정돈된 질서를 유지하기 바란다. 대열이 흩어지지 않게 어깨동무로 스크럼을 짜고 한 사람의 낙오자도 없이 경무대까지 간다. 선생님들도 너희와 함께할 것이다."

승호와 아이들이 현수막을 메고 나왔고, 급사와 몇 아이가 결의문과 구호가 적힌 인쇄물을 들고 왔다. 우형과 민남, 홍섭이 달려나와 '민주주의 사수하자'라고 적힌 현수막을 들었다.

잠시 후 선생님이 아이들을 향해 소리쳤다.

"오늘 시위 참가는 중학교 삼 학년부터 고등학교 삼 학년까지다. 중학교 일이 학년은 모두 집으로 돌아가기를 바란다."

"말도 안 돼요. 우리는 어린애가 아니라고요."

중학생 틈에서 불만이 터져나왔다. 담임 선생님들이 나서서 집에 가라고 다독이기도 하고 윽박지르기도 했다. 마이크를 든 선생님의 지휘 아래 시위 대열을 짜기 시작했다.

먼저 중학교 3학년을 2열 종대로 세우고 그다음 고등학교 1학년을 2열 종대로 세운 다음 1열은 중3 좌측에, 1열은 우측에 세웠다. 같은 방법으로 고2 1열씩을 중3과 고1 좌우로 세우고 대열 좌우 맨 바깥쪽, 맨 앞줄과 기수 자리는 맏형인 고3 학생들로 채웠다.

고학년을 바깥쪽에 배치한 8열 종대 스크럼이 순식간에 만들어졌다. 스크럼이 완성되자 선생님은 앉았다 일어서는 연습도 여러 번 시켰다.

"경찰이 폭력을 가하거나 저지하더라도 절대 흩어지지 말고 자리에 앉아서 연좌시위를 한다. 경찰의 저지가 중단되면 다시 행진을 하도록 한다."

"예, 알겠습니다."

선생님의 당부에 아이들은 힘차게 대답했다.

드디어 동성의 시위대가 출발했다. 교가 제창을 하고 구호를 외치며 교문을 나선 것은 오전 11시였다.

"우리도 대한민국 국민이다. 함께하겠다."

어느새 몰려왔는지 중학생들도 시위 대열 뒤쪽에 따라붙었다. 1교시 끝나고 모두 귀가 조치를 한 후여서 선생님들도 아이들도 모두 어이없어 했다. 책가방에다 교모까지 쓰고 있는 걸 보니 집에도 안 가고 교문 밖에서 기다렸던 게 분명했다. 마구잡이로 달려드는 중학생들을 중간에 세우고 대열의 앞과 뒤를 고3 학생들이 호위했다. 아이들이 다시 스크럼을 짰다. 시위 대열이 서서히 움직이기 시작했다.

시위 대열이 교문을 향해 언덕을 내려오자 굳게 닫혔던 교문이 활짝 열렸다.

교문을 나선 시위 대열은 왼쪽으로 꺾어져 종로5가로 향했다. 이내 차도가 우렁찬 함성으로 가득찼다.

"부정 선거 중단하라."

앞에서 선창하고 뒤에서 따라 외쳤다.

"민주주의 사수하자."

현수막이 높이 올라갔다. 급히 만드느라 바람구멍을 뚫지 않아 들고 다니기 쉽지 않을 텐데도 아무도 불평하지 않았다.

"독재정권 물러가라."

대열 속의 학생들이 뿌린 전단지를 보고 거리에 서 있던 사람들이 주워 들기도 하고 달라고 손을 내밀기도 했다. 전단지를 서 있는 경찰 주머니에 쑤셔 넣는 학생도 있었다. 지켜보던 사람들이 응원과 지지의 박수를 보내기도 하고 어른들 때문에 어린 학생들이 무슨 고생이냐며 울분을 터뜨리기도 했다.

11시가 넘어서고 있었다. 날씨는 맑고 4월답지 않게 무더웠다.

"민주주의 바로잡자."

"경찰은 학생에게 폭력을 쓰지 마라."

시간이 지나면서 함성이 점점 커졌다.

서울대 문리대 건물 앞을 지나 이화동에 다다랐을 때 하얀 가운의 대학생들이 합류했다. 서울대 의대생들이었다. 형들이 뒤에 따라온다는 든든함에 아이들은 의젓하게 발걸음을 옮겼다.

어느새 데모대의 길이가 200미터를 넘어섰다. 동성고 학생들 앞에는 서울대 사범대, 뒤에는 서울대 의대생들이 따랐다.

종로5가까지는 무사통과였다. 경찰과 육탄전을 벌인 서울대 문리대생들이 길을 뚫어 놓았던 것이다. 우회전해서 종로4가를 지났다.

"압박과 설움에서 해방된 민족…."

시위대 안에서 〈통일 행진곡〉이 흘러나왔다.

"전우의 시체를 넘고 넘어 앞으로 앞으로…."

〈전우가〉도 들렸다.

함성 소리에 나왔던 아주머니들이 땀을 뻘뻘 흘리는 학생들에게 먹을 물을 갖다주었다.

백차가 사이렌을 울리며 시위대를 쫓아왔다.

"백차 온다, 백차."

선두에서 다급한 목소리가 들렸다. 우왕좌왕하던 아이들 틈에서 "스크럼을 깨지 마라"라는 고함이 터져 나왔다. 아이들은 어깨를 잡은 팔에 단단히 힘을 실었다.

경찰들이 줄지어 차에서 내렸다. 기세 좋게 달려오던 경찰들은 엄청난 대열과 인파를 보고 주춤거리더니 다시 차에 올라탔다. 행진 도중에 백차와 몽둥이를 앞세운 경찰들과 부딪혔지만 아이들은 의연했다.

"동성고 학생들이구먼."

"전단에 그렇게 적혀 있는 걸 나도 봤소."

군중들의 환호성과 갈채가 이어졌다.

"고등학생들까지 나섰으니 이번 시위로 세상이 바뀔지도 모르겠군."

을지로 반도호텔 앞을 지날 때는 기자들이 대열 앞까지 뛰어와서 카메라 셔터를 눌렀다.

"저 어르신 좀 봐!"

누군가의 말에 모두들 고개를 돌렸다.

"대한 독립 만세!"

흰 모시두루마기에 중절모를 쓴 노인이 지팡이를 땅에 놓고 소리 높여 만세를 불렀다.

"민주주의 사수하자!"

아이들이 화답하듯 목소리를 높였다.

아이들의 스크럼 옆으로 선생님들이 바짝 붙어서 따라왔다. 화신백화점에 다다르자 경찰의 저지가 더욱 거세졌다. 경찰이 가까이 다가올수록 더욱 악을 쓰며 구호를 외쳤다.

을지로 입구에서 동국대 데모대와 합류했다. 선두에 선 동국대 학생들 1000명, 그 뒤를 이은 동성고와 서울대, 성균관대 학생들 1만여 명에 이르는 데모대는 경찰과 맞닥뜨리자 전진을 포기하고 연좌시위에 들어갔다.

광화문 네거리를 지날 때는 시위 대열을 보고 사람들이 길을 비켜 주었다.

12시 30분경, 중앙청 앞에 도착했다. 건물 바깥을 둘러싸고 있는 높은 담벼락이 바로 눈앞이었다. 경찰 뒤로 보이는 중앙청의 철문도 굳게 닫혀 있었다. 중앙청 왼쪽에는 해무청이, 오른쪽 안국동으로 빠지는 길에는 붉은 벽돌의 경기도청이 있었다.

"피~우~웅!"

경찰이 쏜 최루탄이 타이어 바람 빠지는 소리를 내며 제트기보다 빠르게 공중으로 솟아올랐다가 바닥으로 떨어졌다. 이내 주위가 희뿌연 안개에 갇힌 것처럼 한 치 앞도 내다볼 수 없었다. 코를 마비시키는 지독한 냄새에 아이들은 연신 재채기를 했고 콧물을 질질 흘렸다. 볼을 타고 흐르는 눈물을 소매로 닦아 냈지만, 불에 덴 것처럼 쓰라렸다.

"뭔데 고추보다 더 맵냐?"

"최루탄이야. 형이 그러는데 절대 얼굴 만지지 말래. 그럼 더 따갑고 쓰리대."

희수는 얼굴까지 올렸던 손을 얼른 내렸다.

"계획대로 내일 했으면 미리 치약을 챙겨 올 수 있었는데."

"치약?"

희수가 눈물과 콧물로 뒤범벅인 얼굴로 되물었다.

"그걸 바르면 덜 따갑다고 그랬어."

종찬이의 말에 몇은 놀라고 또 몇은 믿을 수 없다고 투덜대며 소매로 얼굴을 훔쳤다.

"이 정도 고생도 안 하고 민주주의를 어떻게 지켜?"

잠자코 있던 진기가 목소리를 높였다. 뜻밖의 말에 아이들은 한꺼번에 진기를 쳐다봤다. 서울대 법대가 목표인 진기는 노는 시간은 물론 화장실 갈 때조차 영어 단어장을 들고 갈 만큼 지독한 공부 벌레였다. 그런 진기가 이런 데모에 나온 것 자체가 놀라웠다. 시국 사범으로 몰려 국가보안법에라도 걸리면 사법고시도 못 치는데.

"민주주의는 애국자와 압제자의 피를 먹고 자란다고 그랬는데…."

아이들이 아무 말 않자 진기가 들릴 듯 말 듯 중얼거렸다.

진기의 말에 아이들의 얼굴에 긴장감이 돌았다.

눈은 쓰리고 코도 아리고 얼굴까지 따가웠지만 구호를 외치는 목소리는 흔들림이 없었다. 종찬이는 연신 형이 틀린 말 한 적 없다며 중얼거렸다.

잠깐의 소강상태가 지나자 다시 엄청난 양의 최루탄이 날아들었다. 대열이 순간 흔들렸지만 아이들은 새우처럼 몸을 웅그리고 재채기와 콧물, 눈물을 쏟아 냈다. '무저항주의 데모' 현수막이 바람에 나부꼈다.

진출이 막힌 대열은 대로에 그대로 주저앉았다. 연신 재채기를 쏟아 내던 선생님들도 손수건으로 입을 막으며 어느새 대열 옆에 섰다.

동성중고 학생들이 차도를 다 차지하고 있어 뒤따르던 데모대는 인도와 남은 차도를 가득 채웠다. 벌써 사람들이 지붕 위와 담 위에 새까맣게 올라앉아 있었다.

아이들이 모두 자리를 잡고 앉자 어상이 대열 앞에 섰다.

"… 오늘 우리는 영웅심이 아니라 부패한 정권을 몰아내고 이 땅에 새롭고 떳떳한 민주주의를…."

어상이의 목소리가 떨렸다. 시끌시끌하던 소란은 잦아들고 분위기도 숙연해졌다. 낭독을 마친 어상의 볼 위로 눈물이 주르르 흘러내렸다.

"잘 썼구먼. 학생들이 국회의원들보다 났구먼."

"민주주의 만세다, 만세야!"

여기저기에서 터져 나온 탄성은 이내 환호와 박수 소리로 바뀌었다.

"동성, 동성, 동성 만세!"

대열 속의 아이들이 한마음으로 답하듯 외쳤다. 뒤쪽 어디에선가 시작된 애국가는 광장에 모인 사람들을 한 목소리로 만들었다.

애국가가 거의 끝나갈 무렵 다시 수십 개의 최루탄이 터졌다. 대열을 흔들 만큼 강력한 최루탄 가스가 거리를 뒤덮었다.

"동성은 뒤로 물러나라."

"이젠 우리 차례다."

경찰들의 무자비한 폭력에 분노한 대학생들이 몰려나가 유리창과 기물을 부수기 시작했다.

"우리도 나가자. 돌팔매질 나도 자신 있어."

아이들 틈에서 그런 말이 터져 나오기도 했다.

"절대 폭력은 안 된다고 했잖아, 무저항주의 데모라니까."

선배들의 말에 반쯤 들썩였던 몸이 아래로 푹 꺼졌다.

동성 대열은 경무대를 향해 통의동 거리로 접어들었다.

"민주주의 사수하자!"

"부정 선거 중단하라!"

경무대 어귀 50미터 지점에 이르렀다.

경무대 앞 차도에는 미처 땅속에 묻지 못한 수도관이 여러 개 널브러져 있었다. 무릎쯤 올라오는 높이였다.

안국동 쪽에서 헌병대 소속 트럭 두 대와 소방차 두 대가 무대포로 밀고 들어왔다. 경찰들이 시위 대열을 향해 물대포를 쏘아 대기 시작했다. 붉은 물감을 섞은 물이었다. 최루탄으로는 부족했던 걸까? 붉은 물을 뒤집어쓴 사람들이 야유를 쏟아냈다.

"옷에 붉은색이 묻어 있으면 무조건 잡아간대."

붉은색 물이 든 옷을 입고 있으면 빨갱이로 몰아 잡아간다는 근거 없는 말이 아이들 사이에 퍼져나갔다.

"우리는 학생이지 빨갱이 아니에요."

"학생들한테 물 뿌리지 마라."

학생들의 항의에 어른들도 목소리를 보탰다.

"어른들 일에 나서지 마라. 학생의 본분을 잊지 마라."

멈출 줄 알았던 물세례는 경찰들의 확성기 소리와 함께 더 거세졌다.

"학생도 국민이다."

"경찰도 본분을 잊지 마라."

아이들의 울분을 막으려는지 최루탄이 연발로 터졌다. 지난 전쟁 때 들었던 따발총 소리 같았다.

경찰의 수위를 넘는 폭력에 대학생들이 버려진 수도관 쪽으로 달려갔다. 대학생들을 지켜보던 사람들까지 거들면서 수도관 굴러가는 속도가 점점 빨라졌다. 주춤하던 경찰들이 공포를 쏘아 댔다. 그 바람에 소방차는 멈추어 섰고 밀고 밀리는 혼란을 틈타 대학생들이 소방차에 올라탔다.

"동국대 형들이 경무대 담을 넘을 거래."

아이들의 수런거림이 번지면서 대열이 들끓었다.

카빈총으로 무장한 스무 명 넘는 경찰들이 집총 자세로 데모대를 겨냥하고 있었지만 시위대는 끄덕도 않았다. 시위대와 무장경찰과의 거리는 돌멩이를 던져도 될 만큼 가까웠다. "나가자!" 하는 대학생들을 뒤따라 오른쪽 1킬로미터 전방에 보이는 경무대로 대열이 전진할 때였다.

"땅! 땅! 땅!"

낯선 총성이 공중을 갈랐다.

"이거 총소리는 아니지?"

"설마 시민들에게 총을 쏘겠어?"

겁에 질린 목소리였다. 죽음 같은 침묵이 아이들을 공포로 몰아넣었다. 시간이 얼마나 지났는지 모른다.

"공포탄이니까 겁먹지 마라."

대열 옆에 바짝 서 있던 선생님이 아이들을 안심시켰다.

"엎드려라."

정만이가 아이들 뒤에서 소리쳤다. 그 소리와 함께 따다닥 군홧발 소리가 들렸다.

"뚜루-뚜-뚜루-르."

태엽 감기는 듯한, 총알을 장전하는 소리가 환청처럼 들렸다. 아무도 고개를 들지 않았다. 정만이는 낮은 보폭으로 기어가며 엎드리라고 계속 소리질렀다.

"겁먹지 말고 고개를 숙여라."

선생님들이 몸을 낮췄고 아이들도 맨땅에 엎드렸다. 어깨동무를 풀어도 엎드릴 만한 공간이 없었다. 발 뻗을 틈을 겨우 만들고서야 아스팔트 바닥에 얼굴을 바싹 붙였다.

시간은 2시를 넘기고 있었다.

"탕! 탕! 피융!"

아스팔트 바닥에 총알이 튀며 파편이 날아올랐다. 대기도 정만이도 숨소리를 죽였다.

길 건너편 경무대 앞 경찰들이 총을 쏘기 시작했다. 바로 앞에서 쏘아 대는 총소리는 조금 전 광화문 앞에서 들었던 소리와는 사뭇 달랐다. 그때는 간간이 들려오는 총소리가 뻥 하고 들렸는데, 이번엔 '슁! 슁!' 하며 제트기 날아가는 소리가 났다. 대학생들이 있던 시위대 앞쪽에서 날선 비명이 터져나왔다. 자빠지고 쓰러지고 고꾸라지고 피가 솟고…, 아비규환이 따로 없었다.

여기저기 들리는 신음 소리도 점점 커졌다. 엄청난 총소리와 비명 소리에 아이들은 귀를 틀어막았다.

"모두 피해라!"

"진명여고 쪽으로 피해라."

"삼일당 쪽으로 피해라."

급박한 목소리에 엎드려 있던 아이들이 일어나 왼쪽 골목으로 냅다 뛰었다.

"일어서면 위험하다. 몸을 굴려라."

선생님의 목소리를 듣고 아이들이 통나무처럼 몸을 굴렸다.

"퓽, 퓽, 퓽!"

앞에 있던 최덕일, 이병태 그리고 그 뒷줄에 섰던 정만과 친구들은 전찻길 레일 사이에 머리를 박았다. 곧이어 '굴러 나오라'는 선생님들의 고함이 들렸다.

경무대 앞은 화약 연기로 자욱했고 아스팔트 위는 아수라장이 되었다.

총소리가 잠시 멈춘 사이 대기가 고개를 들었다. 조금 전까지 경무대 앞을 가득 메웠던 동국대 학생도, 서울대 문리대 학생들도 시민들도 어디로 빠져나갔는지 보이지 않았다. 아스팔트 위는 총을 맞고 쓰러진 사람들과 말라붙은 핏자국뿐이었다. 썰물이 훑고 지나간 것처럼 동성중고 시위대 앞이 휑했다. 보이는 거라고는 바리케이드 뒤에서 동성중고 아이들을 겨눈 경찰들의 총구뿐이었다.

"다 어디 갔어?"

"우씨, 우리만 두고 다 도망친 거야?"

"진짜 무섭다. 화장실 갔다 왔는데 또 가고 싶은데 어쩌지?"

원망 섞인 욕지기를 쏟아 내던 아이들의 고함은 이어진 총소리에 파묻혔다.

"앗!"

퍽 하는 소리와 함께 정만이가 고꾸라진 것도 그때였다. 아스팔트에 부딪쳐 이마에서 피가 나는데도 정만이는 정신을 차릴 수 없었다.

앞줄의 병태가 비명을 듣고 몸을 밀어서 정만이 쪽으로 기었다.

"얘들아, 정만이 등에 피나. 교복도 뚫렸어."

공포에 질린 병태가 울먹였다. 정만이의 등은 벌써 피로 흥건했다.

"정만아, 죽지 마. 죽으면 안 돼."

정만이 쪽으로 기어 오던 대기도 비명과 함께 옆으로 쓰러졌다.

대기의 오른팔에서도 피가 흘렀다.

병태가 정만이를 부축해 일어섰다. 병태는 정만이 등에서 흐르는 피를 손으로 막으며 해무청 쪽으로 절룩거리며 뛰었다. 병태를 도와줄 사람은 아무도 없었다. 해무청 근처에 이르러서야 정만이는 정신을 잃고 쓰러졌다. 대학생으로 보이는 사람이 달려와 들춰업자 그제야 정만이는 얕은 신음 소리를 냈다. 해무청 앞에서 지프차를 타고 서울역 앞 세브란스 병원으로 갔다.

이미 병원 안은 환자들로 발 디딜 틈 없었다. 응급실에도 자리가 없어 병태와 정만이는 복도에 웅크리고 앉았다. 속이 뒤집히는지 정만이는 바닥에 오바이트를 했다. 간신히 담요 한 장을 구해 이마를 받쳤다. 등에서 피가 나와 정만이는 눕지도 못하고 엎드려 있어야 했다. 병태는 정만이를 끌어안고 계속 헛구역질을 했다.

60, 70미터 앞에는 경찰들이 시위대와 대치하고 있었다. 맨 앞줄의 경찰 열댓 명이 무릎쏴 자세로 총을 겨누고 있었고, 두 번째 줄의 경찰들은 서서쏴 자세였다. 총성 속에서 비명 소리와 신음 소리가 그치지 않았다. 총성을 뚫고 대학생 몇이 부상자를 부축하며 대열에서 빠져나갔다. 전쟁터가 따로 없었다.

굴러서 빠져나오라는 소리를 듣고 주위를 둘러보았던 주영이의 눈에 뛰어가는 대학생들 틈에서 나무토막처럼 고꾸라지는 성현 선배가 보였다. 반사적으로 뛰쳐나간 주영이는 친구들과 함께 성현 선배를 들쳐 업고 진명여고 쪽 도로를 건넜다.

손수건으로 선배의 엉덩이 쪽을 댔지만 피는 쉼 없이 흘러나왔다. 자하문로 길에 있는 경찰 구급차를 보고 주영이가 소리쳤다. 성현 선배를 간신히 구급차에 실었다.

"그건 경찰차야. 내려."

사람들이 구급차를 향해 돌멩이를 던지는 바람에 차 안에 있던 사람들은 혼비백산했다. 타고 있는 구급차가 경찰차이기 때문에 타지 말라는 것 같았다.

"사람 목숨이 왔다 갔다 하는데 그게 뭐 중요해."

주영이가 투덜거렸다. 차가 출발하려는데 피투성이 환자를 떠멘 사람들이 달려왔다. 주영이와 어른들이 차안으로 끌어올렸지만 이미 숨진 후였다. 배 위로 붉은 피가 풍풍 솟아나고 있었다.

이미 시신이 된 그를 차량 바닥에 놓고 주영이는 성현 선배를 들어 간이 병상에 눕혔다. 차가 달리는 동안 운전병은 앞쪽만 노려보며 운전했다.

"시민한테 경찰이 총을 쏴도 되는 겁니까?"

정신을 차린 성현 선배가 항의했다.

"저도 이 정권을 반드시 무너뜨려야 한다고 생각합니다."

운전병이 비장한 목소리로 대답했다. 잔뜩 졸인 마음이 풀려서인지 주영이는 풀썩 주저앉았다.

경찰의 발포에 많은 학생들이 다치거나 죽었을 거라는 말이 아이들 사이로 퍼져나갔다. 흩어진 대열을 다시 정비한 동성중고 시위대는 광화문으로 빠져나와 국회의사당으로 향했다. 어디가 길인지 아닌지 분간 못 할 만큼 거리는 사람들로 빽빽했다.

시위대 앞으로 부상자를 실은 손수레도 지나가고 시체를 실은 트럭도 지나갔다. 서울신문사 건물도 불타고 있었다.

"이승만 편드는 건 다 타 버려야 해."

"못난 어른들 때문에 어린 학생들이 무슨 고생인지…."

물동이를 들고 나온 시민들이 연신 고맙다, 미안하다 고개를 숙였다. 떡을 팔러 나온 할머니는 떡 광주리를 내려놓았고 엿장수 할아버지도 엿목판을 풀어 놓고 나누어 주었다. 아이들은 누가 먼저랄 것 없이 땅에 엎드려 엉엉 울었다.

"경무대로 갑시다."

"이승만은 물러나라."

국회의사당 앞에 모인 시민들이 들끓으며 경무대 쪽으로 대열을 틀 기세였다.

"조금 전까지 우리 거기 있었잖아?"

"맞아. 다시 경무대로 갈 이유가 없어."

아이들의 술렁거림을 듣기나 한 듯 모여 있던 선생님이 아이들 앞으로 나섰다.

"동성중고 학생들은 학교로 돌아가서 그곳에서 해산합니다."

국회의사당까지 함께한 선생님과 학도호국단의 결정에 아이들은 숙연해졌다.

교가를 부르며 시위대는 시청 앞과 퇴계로를 거쳐 교정으로 돌아왔다. 저녁 6시였다.

교정에는 소식을 듣고 달려온 가족들이 모여 있었다.

"살아와 줘서 고맙다."

"장하다, 장해."

아들을 안은 어머니, 아버지 들은 그 말만 되풀이했다.

"너희들이 자랑스럽다."

선생님의 말에 아이들 눈가에 굵은 눈물이 고였다. 누가 먼저랄 것도 없이 서로 부둥켜안았다. 교정 안은 어느새 울음바다가 되었다.

"민주주의 만세! 동성 만세!"

아이들 틈에서 만세 소리가 터져 나왔다. 아이들도 어른들도 모두 한목소리로 만세를 외쳤다.

참으로 긴 하루였다.

서울, 동성중고 학생 시위

'피의 화요일' 나흘 뒤인 1960년 4월 23일, 동성고에서 교장으로 재직했던 장면이 부통령직을 사임했다. 잔여 임기가 4개월 남아 3·15 선거가 무효로 처리되고 이승만이 사임하면 자연스럽게 대통령이 되는 상황이었기 때문에 그의 결정은 충격이었다. 그는 자신의 사임 이유를 부통령직에서 내려오더라도 대통령직을 맡지 않겠다는 확신을 주어 이승만의 하야를 끌어내겠다는 것과, 현 부통령으로서의 도의적인 책임, 이승만의 불행을 이용해 권력을 잡았다는 인식을 주고 싶지 않다는 것이었다. 그가 '대국민 담화문'에서 밝힌 3·15 부정 선거의 정황은 이렇다.

"이(승만) 박사의 4선을 실현하기 위하여 자유당과 정부는 재작년 십이월에 신성한 국회의사당에서 야당 의원을 폭력으로 축출·감금한 후, 국가보안법과 지방자치법을 개악했으며, 언론 기관과

야당 활동을 무자비하게 탄압하였고, 평화적 집회 및 시위의 자유에 대한 불법 제한을 더욱 강화하는 등으로 부정 선거의 복선을 갖추었고, 헌법 정신에 배치되는 삼월 조기 선거, 유령 유권자의 조작, 입후보 등록의 폭력 방해, 관권 총동원에 의한 유권자 협박, 야당 인사의 살상, 투표권 강탈, 부정 무더기표 투입, 삼인조 공개 투표, 야당 참관인에 대한 각종 방해, 부정 개표 등으로 3·15 정부통령 선거에서 97퍼센트 내외의 여당 득표를 조작 발표함에 이르러서는 정권욕의 불법 수단이 극한에 달하여 민주 선거제도는 완전히 파괴되고 말았다."

한편, 3·15 부정 선거에 대한 국민의 분노는 극에 달했고, 이에 전국 100만 청년 학도들은 진리와 정의, 민주주의 수호를 부르짖으며 시위에 나섰다.

4월 18일 평화적인 3·15 부정 선거 규탄 대회를 끝내고 귀가하던 고려대 학생들이 깡패들로 구성된 '자유당 특별대'라는 무장 집단의 공격을 받아 약 10명의 학생이 크게 다치는 일이 벌어졌다.

이 사건은 순식간에 서울 각 대학으로 알려졌고 4월 19일 아침부터 서울 지역의 중·고·대학생들과 시민들이 국회의사당과 중앙청 앞으로 몰려들었다. 서울대, 건국대, 동국대, 중앙대, 고려대, 연세대, 성균관대, 국민대 학생들 틈에 동성중고, 대광고, 중동고, 양정고, 오산고 등 고등학생들과 중학생들이 합류하면서 10만 명이 넘는 시민이 이날 시위에 참여했다. 경무대, 대법원, 이기붕 씨 집, 내무부 등 네 곳으로 나눠 행진한 시위대는 '협잡과 부정 선거를 규탄한다', '대한민국은 민주공화국이다', '마산 학생을 석방하라', '시민들이여 정의를 찾아 궐기하자' 등의 구호를 외쳤다. 서울대 사범대학과 의과대학, 동국대 등 경무대까지 진출한 5000명의 학생 시위대 중에 고등학생으로는 유일하게 동성중고 학생들이 있었다.

이날 11시, 학교를 출발한 동성중고 학생들은 누구의 지시나 강요 없이 자발적으로 시위에 참여했으며 질서 정연했고 평화적이었다. 다른 시위 참여자들이 돌을 던지고, 막대기를 휘두르고, 경찰에게 주먹질을 하고, 건물에 불을 질렀지만 동성고 학생들은 돌 하나 던지지 않았다.

대학생들이 학교 이름을 새긴 현수막을 들었을 때 동성중고는 '무저항주의 데모', '민주주의 사수하자' 등 데모의 기본 입장과 주장을 담은 현수막을 준비한 유일한 학교였다. 이날 동성중고 학생들 중에 사망자는 없지만 부상자는 강대기, 김정만 등 모두 열한 명이었고, 그날의 부상으로 평생을 불구로 산 이도 있다.

시위 한 달 후인 5월 18일, 동성고는 시내 3 · 1당(진명여고 강당)에서 4 · 19혁명에 참여했던 학우들의 기개를 기념하고 희생 학생들의 영령에 대한 위로, 부상 학도의 쾌유를 비는 〈4월 학생의거 기념 문학의 밤〉을 개최했다. 《조선일보》, 《경향신문》, 《한국일보》

등 여섯 신문사가 후원한 이 행사는 문예반이 프로그램을 짰고, 학생들이 서울 시내 전역에 포스터를 붙였다. 이날 시 낭송과 음악 교사인 바리톤 양천종, 채리숙 등이 노래를 불렀으며, 그날 출연했던 조해일, 전진호, 호영송은 이후 소설가, 극작가, 시인으로 활약했다. 두 시간의 공연은 2000명을 수용하는 3·1당 신축 이래 최다 인파가 모이는 기록을 세웠다.

당시 고3이었던 35회 동기들은 1992년 십시일반 돈을 모아 졸업 30주년 기념 사업으로 '4·19 기념비'를 건립했다. 이 기념비는 개교 100주년 기념관 입구 왼쪽, 학교 담장 밖에 세워졌으며 기념비에 새긴 '4·19의 횃불 바로 여기에서'라는 문구는 동기들의 공모로 선정됐고, 4·19 당시 현수막 문구를 썼던 송승호의 친필이다.

또 데모대 맨 앞줄에서 '민주주의 사수하자'라는 현수막을 들고 달리는 동성고 학생들의 모습은 4·19혁명을 대표하는 사진으로 개교 100주년이던 2007년에 기념 우표에 담겨 발행됐다.

4·19혁명 당시 동성중고 학생들의 치열한 시위 모습은 박경리의 장편소설《노을 진 들녘》과 조정래의 대하소설《한강》에도 생생하게 그려져 있다.

금남로의

잔 다르크

박경희 경기도 양평에서 태어났다. 자연에서 뛰어놀던 힘으로 글을 쓰고 있다. 20여 년간 라디오 방송에서 구성작가 일을 했고, 2006년 프로듀서연합회 한국방송작가상을 수상했다. 2002년 동서커피문학상 소설 부문에 당선됐고, 2004년《월간문학》에 단편소설 〈사루비아〉가 실리면서 등단했다. 탈북학교인 '하늘꿈학교'와 전국 중고등학교 학생을 위한 문학 수업 및 강연을 하며 청소년들과 소통하고 있다. 지은 책으로《류명성 통일빵집》,《감자 오그랑죽》,《고래 날다》,《분홍 벽돌집》,《난민 소녀 리도희》,《몽골 초원을 달리는 아이들》,《리무산의 서울 입성기》,《대한 독립 만세》(공저),《버진 신드롬》 등이 있다.

"정치가 흔들리면 우리의 미래도 흔들립니다. 나라가 없으면 우리도 없습니다. 지금은 우리가 민주주의를 위해 나서야 할 때입니다. 나갑시다. 함께!"

〈전국 학생 나라 사랑 웅변대회〉에 나온 영민의 우렁찬 목소리에 관객 모두 기립박수를 쳤다. 진숙은 대회장에 들어서는 순간부터, 전국에서 모인 학생들의 열기에 기가 죽었다. 무대를 꽉 채우며 발표하는 영민을 보자 더욱 의기소침해 제대로 발표조차 못 했다. 지난번 다른 대회에서 우승한 남학생이라 더욱 그랬다. 이번 행사의 꽃인 대상은 영민에게 돌아갔다. 큰 상을 받으면서도 영민은 호들갑을 떨거나 으스대지 않았다. 행사에 참여한 모든 학생이 단체 사진을 찍는데, 우연히 영민 옆에 섰다. 상패를 든 영민이 부러웠다. 모든 행사를 마치고 밖으로 나오려는데, 영민이 진숙에게 다가와 먼저 말을 붙였다.

"우리 펜팔 하자. 이거 우리 집 주소와 전화번호야. 빛고을에 대해 관심이 많았는데…. 우리 민족 민주주의의 산실이잖아. 그래선지 광주에 사는 널 보는 순간 눈에 확 띄었어. 웅변하는 모습도 잔잔해서 좋았고."

영민은 메모가 적힌 종이를 건네며 자연스럽게 반말을 했다. 나쁘지 않았다. 주위에 펜팔 하는 친구들이 꽤 된다. 해외 친구와 펜팔을 하기도 하지만, 남학생과 여학생이 편지를 주고받는 게 유행처럼 번졌다. 진숙은 먼 나라의 일로만 생각했다. 그런데 대상을 받은 남학생에게 펜팔 제의를 받다니. 더군다나 영민은 키도 크고 서글서글한 눈매까지 갖춘 매력남 아닌가. 진숙은 실종된 자존감이 되살아났다.

"너도 얼른 주소 적어 줘."

영민의 다그치는 소리에 진숙은 자취방 주소를 적어 주곤 얼른 밖으로 나왔다. 부끄러우면서도 설렘을 감추지 못한 채.

'오늘쯤 영민에게 편지가 왔을 텐데….'

잔뜩 기대감을 안고 자취방을 향해 걷는다. 봄내음 가득 실은 바람이 콧등을 스친다. 시멘트를 뚫고 피어난 민들레가 진숙을 반긴다. 들꽃과 눈길을 마주치면서도 연신 영어 단어를 외운다. 농사는 물론 온 동네 허드렛일을 맡아 하느라 손등이 터진 엄마를 생각하면 게으름을 피울 수 없었다.

단어를 외우다 보니 어느새 언덕에 이르렀다. 노란 개나리꽃 속에 잠긴 자취방을 본다. 일본식 2층집의 빛바랜 대문에 걸린 우편함을 보자 가슴이 콩닥거렸다. 진숙은 단어장을 가방에 집어넣고 바삐 걷는다. 낡은 우편함 속으로 손을 집어넣는다. 바스락. 꽤 두꺼운 편지 봉투가 손에 잡힌다. 진숙은 주위를 두리번거리며 편지를 꺼낸다. 영민과 펜팔을 시작한 지 1년이 되어 간다. 그럼에도 영민의 편지를 보면 늘 설렌다. 시간이 지나면서 영민과의 펜팔은 진숙의 모든 것이 되었다. 영민은 다양한 책을 읽고 서평을 써 보냈다. 문학도답게 문장도 깔끔하고 내용도 깊어 놀랄 때가 많았다. 진숙은 편지를 받은 다음 날이면 영락없이 도서관에서 책을 빌려 읽곤 했다. 감동스러운 장면이 나오면 영민을 만난 것처럼 두근거렸다. 다양한 책을 읽을 때마다 영민이 비춰 주는 등불을 따라 걷는 느낌이었다. 주고받는 편지가 쌓일수록, 미묘한 감정도 깊어 갔다.

친구 이야기도 간간이 들어 있고, 미래의 꿈도 있었다. 영민은 첫인상답게 군 장교가 되고 싶다고 했다. 진숙은 영민의 편지를 읽고 나서야, 자신이 하고 싶은 일이 무엇인지 생각해 보게 되었다.

진숙에게 영민의 편지는 타지에 와 겪는 외로움을 덜어 주는 따듯한 아랫목이자 보드라운 손수건이기도 했다. 답장을 쓰기 위해 세계 명작이나 인문 서적을 읽기도 하고, 들에 핀 식물이나 돌멩이마저도 예사롭지 않게 보았다. 때로는 빛나는 시어나 소설 문장을 찾기 위해 밤을 새우기도 했다. 예쁜 편지지에 펜으로 글을 쓰다 보면, 언젠가 만날 영민을 상상하게 된다. 그때를 생각하면 절로 미소가 나오곤 했다.

진숙은 자취방에 들어서자마자, 편지 봉투를 뜯었다. 영민의 편지는 무려 다섯 장이나 되었다. 하얀 백지 위에 쓴 글씨가 영민의 바리톤 목소리처럼 느껴졌다.

지난 3월 8일은 피의 일요일이었어. 나와 뜻이 통하는 동지 몇몇은 일요일 등교 이유를 강력하게 따져 물었지. 선생님은 교장 선생님의 지시라는 말 외에는 아무 말도 못 하고. 우리는 수업을 거부한 채, 체육관에서 대안을 마련하며 결의를 다진 날이었어. 부정 선거는 무슨 수를 써서라도 막아야 해. 이대로 나라가 망해 가는 것을 보고만 있을 수는 없어. 단연코.

거기 광주는 어떤지? 소식 궁금하니 전해 주길 바라. 민주화운동의 성지나 다름없는 빛고을에서도 분명 강렬한 움직임이 있을 거라 믿어. 얼어붙은 땅을 뚫고 피어나는 민들레처럼 이 나라도 강건하길 빌자. 누구보다 진숙, 너와 함께라서 더욱 힘이 난다.

언제나 영민은 나라 걱정을 많이 했다. 이런 글을 읽을 때마다 진숙은 나이는 같아도 영민이 대학생 오빠같이 느껴졌다. 영민의 편지는 점점 더 연설문처럼 변해 갔다. 전에는 가끔 달콤한 시에 자신의 마음을 빗댄 감성적인 글도 많았다. 진숙은 영민 글의 행간에 깃든 마음을 헤아리던 재미가 사라진 것이 아쉬웠다. 그럴수록 어지러운 세상이 원망스러웠다.

진숙은 심란한 마음으로 마당에 있는 수돗가로 나갔다. 밀린 빨래를 하려는데, 주인아저씨가 손에 누런 봉투를 한 아름 들고 왔다.

"어이, 요즘 교복 입은 학생들이 날뛴다던디…. 모두 빨갱이들 술수에 넘어가서 말이제. 거 뭐시냐…. 자네도 데모에 나서는 건 아니것제? 시골에서 허리춤 줄이며 유학 보낸 부모님 생각해야제! 뭐냐… 엉뚱한 데 신경 쓰지 말고 거시기 허라고!"

진숙은 안하무인격인 아저씨가 마음에 안 들었다. 통장이라는 이름으로 주민들에게 은근히 압력을 넣기도 하고, 고무신이며 국수 등을 선물로 돌리는 것도 눈에 거슬렸다. 영민의 말대로 주인아저씨는 역사를 거꾸로 돌리는 선거꾼인 셈이다.

"어른이 걱정이 되아서 말을 하면, 가타부타 대답을 해야제…. 시방 이게 무슨 태도여. 내 말이 말 같지 않다 이건감?"

진숙이 분노를 숨기려고 일부러 비누칠을 벅벅 해 대는 것을 모른 척, 아저씨는 속을 긁었다. 성난 황소처럼 씩씩대기까지 하면서.

"암튼 요즘 대갈빡에 피도 안 마른 것들이 시건방만 늘어 갖고…. 말이 안 통한다니께."

아저씨는 정치 광고가 어지럽게 써진 지라시를 던져 놓고 방으로 들어갔다. 진숙은 읽지도 않은 채, 쓰레기통에 집어넣으며 중얼거렸다.

"내가 귀도 눈도 없는 멍청인 줄 아나. 저러니…. 학생들이 깃발을 들 수밖에…. 아저씨같이 맹목적인 시민들 때문에 나라가 병드는 것도 모르고. 쯧…."

진숙은 주인집과 같이 빨랫줄 쓰는 것도 못마땅해 방에 줄을 매고 널었다. 왠지 마음이 뒤숭숭해 책이 손에 잡히지 않았다. 책상 앞에 앉아 라디오를 켰지만, 잡음이 너무 많아 꺼 버렸다.

간이 책꽂이에 꽂힌 책을 무심히 훑는데, 영민이 보내 준 '타고르' 시집에 눈길이 멈췄다. 두세 번 읽었지만, 다시 뽑아 들었다.

일찍이 아시아의 황금 시기에
빛나던 등불의 하나인 코리아
그 등불 다시 한 번 켜지는 날에
너는 동방의 밝은 빛이 되리라

진숙은 '동방의 밝은 빛'이라는 시어에 줄을 긋다 꽃무늬 가득한 편지지를 꺼냈다. '타고르의 시'를 인용해, 영민에게 답장을 쓰기 시작했다. 감정의 물결대로가 아닌, 냉정하다 싶을 만큼 절제된 언어를 골라 썼다. 영민이 이성 친구라는 것을 의식하는 것인지도 모른다. 한 문장마다 깊이 생각하며 글을 쓰다 보니, 어느새 새벽 먼동이 터왔다. 뒤란에서 들려오는 수탉의 홰치는 소리에, 이불 속으로 들어갔다. 까무룩 잠이 들다 깼지만, 피곤하지 않았다. 밤새

온 힘을 다해 쓴 자신의 편지를 읽을 영민의 모습을 상상하는 것만으로도 즐거웠다.

새벽 별을 보며 학교에 가려 나서는데, 지라시를 들고 나가던 주인아저씨와 눈이 마주쳤다.

"어이, 거시기 말여. 밤새 전등을 켜 놓고 자는겨? 아따메 이번 달 전기세 폭탄 맞겠구먼. 그건 그렇고 내가 준 지라시는 읽어 본 거제? 괜히 망둥이처럼 학생들 데모하는 데 끼어들지 말랑게. 우리 집에 사니까는 내가 부모나 마찬가지니께 이런 말도 해 주는 거니 고깝게 듣지는 말고, 잉."

"학교 다녀오겠습니다."

진숙은 아저씨의 말을 무 자르듯 단칼에 잘라 버린 뒤, 인사를 하고 종종걸음으로 길을 나섰다. 볼에 와닿는 새벽바람 속에서 봄 냄새가 폴폴 묻어 왔다.

학교 담벼락 사이에 간간이 심어 놓은 목련 나무에 봉긋 꽃봉오리가 올랐다. 진숙은 고향 집 마당에 있는 목련 나무가 생각났다. 교문 안으로 들어서는데, 선도부 대장인 경희 언니가 조심스럽게 진숙을 불러 세웠다. 같은 웅변 동아리이자 고향 선배인 경희 언니의 긴장한 눈빛을 보자, 의아했다.

"오늘 수업 끝난 후, 동아리방으로 와. 일단 점조직으로 연락은 다 취해 놓았지만, 담임 눈치채지 못하게…."

진숙은 선도부 대장답게 깔끔한 옷차림에 반듯한 경희 언니가 늘 멋져 보였다. 전교 1등 자리를 놓치지 않는가 하면, 운동도 잘하고, 노는 데도 빠지지 않는 언니가 자랑스러웠다. 한마디로 진숙의 롤모델인 셈이다.

진숙은 아무도 없는 교실 문을 열고 들어설 때면 늘 기분이 좋았다. 새벽밥 챙겨 먹고 달려온 진숙에게 분필 냄새는, 누군가 말없이 보내 주는 응원가 같았다.

창문을 열어 환기를 시킨 뒤, 칠판을 깨끗이 닦고, 분필도 가지런히 정돈했다. 교실 뒤에 있는 쓰레기통을 살핀 뒤, 자리에 앉아 못다 한 숙제를 끝냈다.

"와우, 찐숙 넌 진짜 뱀생이다. 오늘도 대빵 일찍 나왔네. 나도 일등 쫌 해 보자. 잉?"

짝꿍이 농담처럼 말했다. 진숙은 어깨를 으쓱해 보인 뒤, 다시 단어장에 코를 박았다. 첫 교시에 보는 영어 쪽지 시험이 신경 쓰였다. 잠시 후, 영어 선생님이 출석부를 들고 들어왔다.

"제군들은 왜 죽도록 영어를 해야 하는지 생각해 본 적 있나?"

영어 선생님의 느닷없는 질문에 학생들은 어안이 벙벙한 채, 할 말을 잃었다.

"영어 종주국인 미국이 이 작은 땅덩어리인 대한민국을 쥐락펴락 흔드는데, 너휜 영어 단어만 암송하면 그만이냐고. 학생을 다그치는 나도 한심하긴 마찬가지고…. 그. 러. 나. 나라가 흔들려도 시험은 봐야겠지? 종말이 와도 사과나무를 심자던 철학자처럼 말이야. 하하….”

언제나처럼 궤변을 늘어놓는 영어 선생님의 말에 교실은 찬물을 끼얹은 것처럼 조용했다.

“선생님. 오늘 영어 쪽지 시험 치워 뿌리면 안됩니까. 시방 어른들 하는 것 보면 억장이 무너지는데….”

영어 선생님 못지않게 괴짜인 짝꿍 말에 교실은 단숨에 아수라장이 되었다.

“맞아요. 지금 쪽지 시험 보고 앉아 있긴 좀 거시기 합니다.”

“우리를 영어의 노예로 사육하지 마십시오.”

“우리도 거리로 나가야 합니다.”

벌집을 쑤셔 놓은 것처럼 시끌벅적 난리였다. 혼자라면 절대 뱉지 못할 말을 군중심리에 얹혀 목청껏 뱉었다.

교장 선생님이 교실 문을 열고 들어선 건, 찰나였다.

“허 선생! 지금 뭐하는 겁니까? 그러잖아도 온 나라가 시끄러운데…. 데모 연습이라도 합니까? 정신 차리세요. 제발.”

교장 선생님은 포마드 기름 좔좔 흐르는 머리를 만지며, 소리쳤다.

“죄송합니다. 교장 선생님. 저…. 다름 아니라….”

여유 만만하던 영어 선생님은 고양이 앞의 생쥐 꼴로 말까지 더듬었다. 진숙은 영어 선생님의 조크가 허세였다는 생각에 실망스러웠다.

“들어온 김에 말하자면, 우리 학교 학생들은 절대로 유언비어나 빨갱이들이 뿌린 전단에 속아서는 안 됩니다. 쓸데없이 데모대에 휩쓸렸다가는 불행한 결과가 기다린다는 것을 인지하고…. 학생은 공부만 하면 된다는 사실을 단 한순간도 잊지 말도록….”

교장 선생님의 말에 학생들은 고개를 숙인 채, 아무 말도 하지 않았다. 진숙은 가슴 깊은 곳으로부터 끓어오르는 분노의 눈길로 교장 선생님을 쳐다보았다. 그는 영어 선생님을 다그치느라 진숙에게는 관심조차 없었다.

‘선생님들은 대한민국이 제대로 돌아가고 있다고 믿는 걸까?’

진숙은 교장 선생님께 대놓고 묻지 못하는 자신이 바보 같았다. 영민이라면 용감하게 나섰을 거란 생각에, 자신이 작아 보였다.

점심시간 후, 생물 시간에 갑자기 담임 선생님이 들어왔다. 도시락으로 싸 온 김치 냄새를 내보내다 말고, 진숙은 깜짝 놀랐다. 정년퇴임이 얼마 남지 않은 담임 선생님이 잔뜩 긴장한 목소리로 말했다.

“긴급 정보다. 오늘 단축 수업 명령이 떨어졌으니 가방 싸도록.”

“선생님. 나라가 폭망했나요? 단축 수업은 씬나요…. 근디 왠지 불안하구먼요.”

영어 선생님에게 돌직구를 날리던 짝꿍이 넉살 좋게 말했다. 선생님은 늘 그렇듯 ‘괴짜’의 말은 들은 척도 않았다. 담임 선생님은 지구의 종말을 알리기라도 하듯, 심오한 표정으로 말했다.

"나라가 불순분자들에 의해 혼란스러운 때이니만큼…. 쓸데없이 거리에 나돌아 댕기지 말고…. 곧장 집으로 가도록! 특히 정신 나간 학생들이 날뛰는 금남로는 얼씬도 말도록."

"내일은 정상 수업하나요?"

반장인 미자가 묻자 담임 선생님은 미간을 찡그리며 말했다.

"나라가 아무리 뒤숭숭해도 학생은 본분을 지켜야지? 모두 미쳐 날뛴다고 너희까지 뿔난 망둥이가 되면 안 되지."

담임 선생님이 말을 마치고 나가자, 친구들도 삼삼오오 모여 웅성대며 교실을 빠져나갔다. 친구들이 빠져나간 교실은 가을걷이가 끝난 들판처럼 썰렁했다. 다행히 창문 너머로 들어온 햇살 덕분에 교실은 따뜻했다. 미화부장의 직무를 다하기 위해 정리를 하면서도 진숙은 담임 선생님의 말이 영 못마땅했다. 부정 선거 때문에 온 나라가 들썩여도 담임 선생님은 꼰대 기질을 못 벗다니.

진숙은 마음만큼이나 무거운 가방을 들고 경희 언니를 만나기 위해 교실을 나섰다. 뒷문을 통해 동아리방에 가는 동안 선생님들과 부딪치지 않으려 조심하며. 동아리방 깊숙한 곳에 들어서니, 교복 입은 학생 열 명 정도가 모여 있었다. 대부분 경희 언니와 같은 3학년이었고, 1학년 학생과 진숙과 같은 2학년은 각각 한 명밖에 없었다. 잠시 후, 헐레벌떡 들어서던 경희 언니가 고개를 끄덕이며 인원을 셌다.

"오늘 스무 명쯤 연락했는데 딱 반밖에 안 왔네. 여기 모인 사람들만이라도 똘똘 뭉쳐 보자고."

경희 언니가 다소 실망한 듯싶어, 진숙은 힘을 보태고 싶었다.

"저의 자취방 아저씨도 부정 선거 운동 하느라 바빠요. 실은 시골에 계신 아버지도 선거 운동원일지도 몰라요. 제가 말리려고요. 여기 모인 모두가 일당백 역할을 하면 될 것 같아요. 숫자보다는 열정이 더 중요하죠."

경희 언니는 진숙의 말에 양손에 브이 자를 그리며, 열변을 토하기 시작했다.

"지금 광주고는 물론 조대부고, 광주상고, 농고, 수피아여고, 광주여고 모두 시위에 동참하자는 의견이 모이고 있어. 우리 전남여고도 당연히 참여해야겠지? 단축 수업도 그렇고…. 선생님들이 완강하게 나오는 걸 보면…. 나가는 일이 쉽지는 않을 것 같아. 구체적이면서도 좋은 방법은 없을까. 돌아가면서 의견을 내 보자고."

경희 언니의 말에 여러 가지 방안들이 나왔다. 이야기를 나눌수록 열기는 더해 갔다.

"우리는 학생이라는 이유만으로 조용히 있어야만 했어. 특히 여학생이기에 더욱 강압적이었지. 지금은 우리가 나서야 할 때라고 생각해. 각기 어른들이 벌이는 부정행위에 대해 감시도 해야 하고."

"우리 동네 통장은 동네 사람들 모아 놓고 자유당 찍으라고 연설한 뒤…. 돈 봉투를 주기도 하고…. 고무신도 준대요. 우리 아버지도 선물 받아 왔다고 좋아하더라고요. 그것도 이틀이 멀다 하고 말예요. 돈 봉투는 받았어도 비밀이겠죠."

1학년 여학생의 말에 진숙도 주인아저씨의 행동에 대해 부연설명을 하려는데, 3학년 선배가 나섰다. 경희 언니의 단짝이라 진숙도 잘 아는 선배다.

"대통령을 연임하기 위해서 별별 방법들을 짜고 있나 봐. 죽은 사람 이름으로 투표용지를 만들어 돌리기도 하고…. 동네 사람마다 감시원을 붙여서 자유당 아니면 따돌려서 동네 외톨이를 만들어 버린다든가…. 민주당 편인 것 같은 사람들 찾아다니며 온갖 협박과 회유를 하기도 하고. 온갖 치졸한 방법을 다 동원한다니…. 우리가 나서야겠지."

선배의 말에 모두 혀를 찼다. 많은 사례와 이야기가 오갔다. 더는 참을 수 없다는 결론이 내려졌다. 각 학교 대표들끼리 모이는 자리에 경희 언니가 참석한 뒤, 시위에 참여하기로 하고 헤어졌다. 무슨 수를 써서라도 부정 선거는 막아야 했다.

"학교도 맘대로 단축 수업했던 것처럼…. 우리도 수업 거부할 권리가 있어. 어쨌든 단단히 마음먹자고."

"가자! 민주주의를 위하여! 공정한 투표를 위하여!"

경희 언니의 선창으로 모두가 외쳤다. 선도부 대장으로 활동할 때보다, 더욱 단호한 언니의 말투에 절로 힘이 났다. 가슴 깊은 곳에서 뜨거운 그 무엇이 끓어올랐다.

자취방으로 가기 위해 교문을 나서자, 땅거미가 뉘엿뉘엿 졌다. 고향 생각이 가장 많이 나는 시간이다. 시골에 살 때 엄마는 들일이며 살림하느라 단 한 번도 진숙에게 살갑게 대한 적이 없다. 아버지 또한 젖소 키우랴, 농사짓느라 바쁘기로 말하면 대한민국 최고다. 거기다 동네 이장까지 맡아 보느라 풀 방구리에 쥐 드나들듯 면사무소에 드나들었다.

'혹 아버지도 이장이라고…. 부정 선거의 앞잡이 노릇을 하는 거 아닐까? 주인집에서 전화해야 하니…. 맘대로 전화를 걸 수도 없고….'

진숙은 불안한 마음에 발걸음을 빨리했다. 전화 대신 아버지에게 편지를 써야겠다는 생각이 들자, 일분일초가 아까웠다.

노란 개나리꽃과 울타리 밑의 꽃다지들이 진숙을 맞아 주었다. 습관처럼 우체통에 손을 넣어 본 뒤 문을 열었다. 자취방 마당에 불이 환하게 켜져 있어 깜짝 놀랐다. 진숙이 들어서자 마을 사람들의 눈길이 일제히 진숙에게 쏠렸다. 진숙은 못 올 데를 온 것처럼 움칫했다. 멍석을 깔고 동네 사람들이 모여 먹고 마시느라 정신없었다. 주인아저씨가 얼큰하게 취한 얼굴로 소리를 질렀다.

"어이, 잘 왔네! 여기 와서 떡 좀 먹제. 이번에 선거 위원장으로 나선 자유당 당원 나리가 한턱 쏘는 거니까 맘껏 먹으랑게. 멸치국

수 맛도 기맥히고…. 동네 어르신들이니까 편하게 인사하고…. 순천 가시나인디 핵교서 공부를 엄청시리 잘한당게요."

주인아저씨는 진숙을 막내딸이라도 되는 듯 살갑게 대했다. 진숙은 속마음을 숨긴 채 최대한 겸손하게 말했다.

"학교에서 간식 먹었어요. 저는 할 일이 많아서 이만 들어갈게요."

방으로 들어와서도 벌렁거리는 가슴은 쉽사리 가라앉지 않았다.

'흥청망청 먹고 마시는 데 드는 돈의 출처는 어디일까? 우리 집에서도 지금 동네 사람들 눈과 귀먹게 하는 잔치 중인 거 아닐까?'

진숙은 앉은뱅이책상을 펴 놓고, 편지지를 꺼냈다. 아버지에게 '역사 앞에 부끄러운 사람'이 되지 말아 달라고 간곡히 썼다. 무학에 농사꾼인 아버지지만 자신의 마음을 헤아려 줄 것이라 믿었다. 감정이 격해지면서 영민에게도 한 줄 남기고 싶은 욕구가 생겼다.

안녕? 지금처럼 '안녕'이라는 말이 절실한 적은 없네. 여기 광주도 서울과 다르지 않아. 우리 학교도 시위에 참여하기로 결의했어.
어쩌다 우린 이렇게 부패한 나라에서 태어나 어른들 걱정하느라 밤잠을 설쳐야 할까? 목련꽃이 활짝 피는 날에는 우리도 환하게 웃을 수 있었으면 좋겠어.

진숙은 '목련이 필 때쯤 얼굴 보자'는 말을 썼다 지웠다.

3·15선거는 결국 부정 선거로 끝났다. 그러면서 학생들이 거리로 나서기 시작했다. 진숙이 다니는 학교는 매우 강경 태세로 나갔다. 학생들이 시위에 참여하지 못하도록 전력을 다했다. 억압할수록 뿜어내는 힘이 크다는 걸 몰랐던 것이다. 결과적으로는 이 모든 것들이 학생들의 열기에 기름을 부은 격이 되었다.

전교생은 아니지만, 동아리는 물론 많은 학생이 모인 자리에 경희 언니가 우뚝 섰다.

"이젠, 절대 참을 수 없습니다. 정권 연장에 혈안이 되어 부정 선거로 당선된 대통령은 우리의 대통령일 수 없습니다. 사할 사전 투표, 삼인조 혹은 오인조 공개 투표도 부족해 불법투성이인 이번 투표는 사기임을 밝혀야 합니다."

경희 언니의 격렬한 말투로 시작된 분위기는 그 어느 때보다 뜨거웠다. 경희 언니는 입수해 온 '결의문'이 적힌 종이를 나눠 준 뒤 선창했다.

"삼일오 선거는 부정 선거다."

"협잡 선거 다시 하자."

"학원의 정치 도구화를 배격한다."

"자유로운 학생 동태를 감시 마라."

"우리의 거사는 오로지 정의감과 자발적 의사에서 나온 것임을 밝힌다."

결의문을 외치는 진숙의 손아귀에 절로 힘이 가해졌다. 충장로

와 금남로에서는 연일 고등학생들의 시위가 이어지고 있다는 소식을 들었지만, 직접 나가지는 못했다. 한 가지 마음에 걸리는 것은 영민에게 답이 없다는 것이다. 그동안 이런 경우는 처음이라 더 답답했다.

"우리도 금남로를 향해 나갑시다."

진숙이 잠시 영민 생각에 빠져 있는 사이, 학생들이 함성을 질렀다.

"삼일오 협잡 선거 다시 하자."

"도둑맞은 주권, 우리가 되찾자."

경희 언니의 선창으로 이어진 학생들의 목소리는 하늘을 찔렀다. 구호를 외칠수록 속에서 들끓는 열기는 더해갔다.

정문은 굳게 닫혀 있었다. 학생들이 시내로 진출한다는 소식을 접한 선생님들이 띠를 이뤄 학생들을 가로막았다. 교장 선생님의 얼굴은 보이지 않았다.

"우리도 민주주의는 원한다. 나라가 잘못되어 가고 있다는 것도 알고. 다만 학생인 너희들이 나서서 될 일이 아니라는 거지. 정치는 어른들에게 맡기고 너희는 본분을 다해야 한다는 거다. 지금 시위대에 섞이면 피를 볼 수도 있고…."

생활 주임 선생님의 목소리에 진정성이 묻어 있다는 걸 느낄 수 있었다. 무조건 막는 것이 아니라, 학교의 안녕과 학생들을 보호하기 위해서라는 말. 기만은 아니다. 그러나 순응할 수는 없었다.

온 나라가 늪으로 빠져들어 가는 것을 보고만 있을 수는 없지 않은가!

"선생님. 말리지 말아 주세요. 서울이나 마산, 대구 등에서는 이미 학생들이 대거 나섰습니다. 우리를 역사 앞에 부끄러운 학생으로 남게 하지 마세요. 민주주의의 산실이라 불리는 광주에서 침묵을 지키는 건 비겁한 것 아닙니까?"

진숙은 저녁마다 자취방에서 들은 라디오 뉴스가 생각나, 용기 있게 말했다. 동아리반 학생들은 물론 경희 언니도 놀란 표정이었다. 지금까지 말없이 따르기만 했던 진숙의 강경한 발언에 힘을 얻은 듯, 손뼉을 쳤다.

"맞습니다. 이제 우리를 막을 수 없습니다. 어른들이 망쳐 놓은 세상, 우리가 되찾을 것입니다. 나가자! 금남로를 향해!"

경희 언니의 외침에 삼삼오오 모인 학생들이 우레와 같은 함성을 질렀다. 생활 주임 선생님은 시대의 흐름을 막을 수 없다고 생각한 것 같았다. 말없이 문을 열어 주었다. 그러곤 무거운 발걸음으로 교무실을 향해 갔다. 진숙은 흥분의 도가니 속에서도 분명 보았다. 생활 주임 선생님이 연신 눈가를 훔치는 모습을.

금남로는 교복을 입은 학생들의 물결로 파도를 이뤘다. 무쇠와 같은 강렬한 힘이 느껴졌다. 경희 언니의 선두로 시위대에 합류한 진숙은 구름 위에 올라탄 기분이었다.

진숙은 '죽으면 죽으리라'는 다짐으로 주먹을 불끈 쥐었다. 수많은 학생 속에서 구호를 외치며 움직이다 보니, 남학생들 사이에 끼어 있었다. 낯설거나 부끄럽지 않았다. 오히려 '정의'를 위해 한목소리를 낸다는 것만으로도 동지애를 느꼈다. 불현듯, 서울에서 똑같은 구호를 외칠 영민 생각이 났다. 몸은 떨어져 있어도 하나가 된 기분이 들었다. 묘하면서도 강한 기운이 온몸을 감쌌다.

"경찰이 대거 투입되었다."

앞에서 진두지휘를 맡은 남학생이 크게 외쳤다.

"우리는 물러서지 않을 것이다. 우리는 끝까지 나설 것이다. 민주주의를 위하여!"

주동 학생의 도발적인 발언에 경찰들은 최루탄을 쏘고 하늘을 향해 공포탄을 쏘았다. 순식간에 금남로는 전쟁터가 되었다. 교복 입은 학생들이 공포에 떨면서 주택가나 상가로 숨어들었다. 도망가는 여학생을 끝까지 쫓아가는 경찰도 보였다.

진숙은 아수라장이 된 시위대 속에서 경희 언니를 찾았다. 동아리 친구는 물론 같은 교복을 입은 학생들조차 눈에 띄지 않았다. 불길한 예감이 파도처럼 밀려왔다.

학생들과 경찰이 엉켜 죽을 듯 싸우는 모습을 보자, 피를 볼 수도 있다는 공포감이 몰려왔다. 갑자기 며칠 전에 전화를 건 아버지 목소리가 생각났다.

깊은 밤이었다. 주인아저씨가 심드렁한 소리로 전화를 받으라고 했다. 아저씨 내외는 잠을 자기 위해 이불을 편 상태였다. 몸이 불편한 아주머니는 이미 코를 골고 있었다.

"지금부터 애비가 하는 말 잘 들어야 혀. 시방 가시나 니가 건방을 떨 때가 아니구먼. 똥구멍이 찢어질 정도로 가난한 행편에, 광주 핵교까지 보낸 것은…. 니 머리가 아까워서였지. 데모하란 것 아닝게. 허투루 나서지 말라고, 잉. 엄한 짓거리 하믄 다리몽둥이를 분질러 버릴 것잉게. 주인집 성가시겠구먼. 고만 끊을랑게. 암튼, 데몬가 뭔가에 나서면 호적에서 파 버릴 것잉게. 허투루 듣지 말어."

아버지의 말이 두렵거나 무섭진 않았다. 아버지는 맹목적인 충성심에 빠져 있었다. 그래서 더욱 서럽고 아팠다. 아버지는 모를 것이다. 누런 봉투에 담긴 몇 장의 돈과 고무신 한 켤레에 나라를 팔아먹었다는 기막힌 사실을.

"가시나들이 허벅지 다 보이는 교복 치마 입고 뭔 지랄이여. 지 부모들 피 빨아 먹는 버러지 같은 것들. 모두 갈아 뿌려 버려!"

늙은 경찰의 말에 피라미 경찰들이 날뛰었다. 골목으로 도망치던 진숙은 숨을 죽인 채, 들개처럼 혈안이 된 경찰들을 살펴보았다. 실은 경희 언니가 걱정됨과 동시에 똑같은 상황에 부닥쳤을지도 모를 영민 생각에 쉽게 자리를 뜰 수 없었다.

가게 문은 이미 닫힌 상태였고, 시위대 속에 시민이나 대학생은 별로 눈에 띄지 않았다. 꽃봉오리조차 피우지 못한 학생들만 목청껏 소리를 지르다 경찰에 연행되어 갔다. 공포탄 터지는 소리에 귀가 먹먹했다. 소낙비 내리듯 연신 최루탄이 쏟아졌다. 전쟁터가 따로 없었다. 콧물은 참을 수 있지만, 눈을 뜰 수 없을 정도로 따갑고 아팠다. 거리에 아는 얼굴이 하나도 보이지 않자, 두려움이 엄습했다. 미로와 같은 뒷골목을 빠져나와 자취방으로 가는 길목으로 들어섰다. 미세한 봄바람에 실려 온 최루탄 냄새에 괴로웠다. 울고 싶지 않아도 절로 눈물이 났다.

진숙은 꽤 먼 거리를 혼자 걸었다. 시내를 벗어나자 집집이 문이 잠겨 있었다. 부스스한 털을 날리며 먹이를 찾는 들개와 눈이 마주쳤다. 늙은 경찰의 눈과 닮았다. 진숙은 눈길을 피해 터덜터덜 걸었다. 거리엔 적막감만이 감돌았다. 금남로의 악몽이 되살아날까 두려웠다.

자취방이 보이자, 발걸음이 더욱 빨라졌다. 온몸에 묻은 매캐한 냄새를 얼른 뽑아내 버리고 싶었다. 주인아저씨는 부재중이었다. 우물가에 선 목련 나무의 꽃봉오리가 봉긋 부풀어 올랐다. 방으로 들어서다 말고, 진숙은 다시 대문에 걸린 우편함에 손을 넣었다. 콩콩. 심장이 뛰었다. 만져 보는 것만으로도 영민의 편지라는 것을 알 수 있었다. 가방을 집어 던진 채, 허기진 아이처럼 편지 봉투를 뜯었다.

답이 늦었어. 아니 투표 결과를 보는 순간, 모든 게 헛되다는 생각이 들었어. 부정 선거를 막기 위해 얼마나 애를 썼는데 말야. 결국은 수렁으로 들어가는 나라를 보고만 있는 민주당도 맘에 안 들고, 인자한 얼굴로 국민을 기만하는 대통령의 이름을 듣는 것만으로도 구역질이 났어. 모든 게 부질없다는 생각에 며칠 학교도 나가지 않았어.
천장을 바라보며 멍하니 누워 있는데, 마산의 김주열 동지가 시체로 발견됐다는 소식을 들었지. 가슴이 터질 것 같았어. 자괴감의 이불을 걷어찬 뒤, 경무대를 향하는 시위대 속으로 들어갔어. 거기서 나는 피 흘리며 경찰에게 개돼지처럼 끌려가는 동지들의 모습을 보았어. 그건 내가 끌려가는 것이나 다름없었지. 늘 가슴에 품고 다니던 태극기와 면도칼을 꺼냈어. 예리한 칼날이 닿는 순간, 무서웠어. 엄지손가락에서 샘물처럼 솟아오르는 붉은 피를 보는 순간, 알 수 없는 힘이 생기는 거야.
'물러나라 독재자'
혈서를 쓰는 동안은 아픈 줄 몰랐어. 당연히 내가 해야 할 일이라고만 생각했지. 사람들의 박수 또한 내가 바라던 것은 아니었어. 내가 흘린 한 모금의 피로 민주주의를 얻을 수 있다면! 오직 그 마음뿐이었어. 불꽃이 되어 사라진다 해도.

광주, 내가 사랑하는 빛고을에서도 피비린내가 올라오는 듯싶어. 보고 싶다. 나의 동지, 나의 요새여! 하얀 목련이 피면 우리 얼굴 볼 수 있을까? 그랬으면 좋겠다.

*추신: 면도칼이 지나간 자리가 꽤 깊었나 봐. 상처에 고름이 생겨서 고생 좀 했어. 답장이 늦어진 이유를 쓰려니 별걸 다 말하네.

진숙은 영민의 편지를 읽어 내려가는 동안, 연신 눈가를 훔쳤다. 후끈 온몸에 열이 올랐다. 영민이 센 줄은 알았지만, 혈서까지 쓸 줄은 몰랐다. 진숙은 영민과 함께 호흡을 같이한 시간의 강을 거슬러 올라가 보았다. 처음에는 추억 쌓기 정도로 가볍게 생각했다. 시간이 지나면서 단순한 펜팔로 그칠 관계만은 아니란 생각이 들었다. 영민의 글 속에 담긴 삶을 통해 분명 자극받고 변화하고 있었다. 진숙은 금남로에서 본 끔찍한 모습들과 함께, 가 보지 못한 경무대 앞의 치열한 싸움이 눈에 보이는 듯싶었다. 정신을 차리고 거울을 보니, 눈가가 벌겋게 성이 나 있었다.

진숙은 영민의 편지에 답을 쓰려 했지만, 도저히 글이 써지지 않았다. 영민에 비하면 자신이 너무 나약하다는 생각이 들었다. 영민이 혈서까지 써 가며 부르짖는 민주주의란 과연 무엇일까에 대해 깊이 생각하게 되었다. 파상풍으로 힘들 영민을 생각하자, 당장이라도 달려가고 싶었다.

'목련이 피면 영민의 얼굴을 보게 되겠지?'

이런저런 생각에 뒤척이느라, 또 밤을 꼬박 새웠다.

전국은 화마에 휩싸인 듯 뜨거웠다. 어릴 때 뒷동산을 태우던 산불을 보는 것 같았다. 학생들은 연일 거리로 나섰고, 경찰들은 들개처럼 날뛰었다. 주인아저씨의 발걸음은 더욱 분주해졌고, 선생님들은 학생들을 감시하느라 바빴다. 그야말로 총체적 난국이었다.

자취방 우물가와 학교의 목련 나무 꽃에 잔뜩 물이 올랐다. 앙증스러운 꽃망울이 금방이라도 만개할 것처럼 부풀었다.

이토록 찬란한 계절임에도, 얼어붙은 정치판은 겨울잠에서 깨어날 기미조차 보이지 않았다. 광주 전역에서는 '哭民主主義(곡민주주의)'를 외치는 민주당 당원과 학생들의 목소리가 높아 갔다. 그럴수록 경찰이 쏘아 대는 최루탄과 공포탄의 수도 상상을 초월했다.

거사가 이루어지던 날은, 짙은 안개와 함께 시작되었다. 학교에 갔지만, 제대로 수업이 이루어지지 않았다. 이미 거리에 나간 학생들이 대부분이었고, 선생님들도 우왕좌왕 갈피를 못 잡는 것 같았다. 전국에서 대규모 시위가 일어나고 있다는 소식이 여기저기서 들려왔다.

진숙은 가방을 사물함에 넣어 놓고 금남로를 향해 달렸다. 앞선 학생들의 구호에 맞춰 목청껏 소리를 질렀다.

"죽어도 물러서지 말자."

"대통령이 사과하고 투표를 다시 할 때까지 투쟁하자."

"죽은 학생 살려 내라."

"죽음을 각오하고 끝까지 싸우자."

시위대의 대열 속에는 학생들만이 아니었다. 침묵을 지키던 대학생들도 나왔고, 시민들도 두 발 벗고 나섰다. 앞치마를 두른 어머니들은 주먹밥을 해서 나르기도 하고, 바가지로 물을 떠 시위대에게 먹이기도 했다. 어린 학생들은 돌멩이를 주워 전했다. 민주주의에 대한 열망으로 하나가 되었다. 빛고을 사람들다웠다.

진숙은 혼자가 아니라는 생각이 들었다. 마음 깊은 곳에서는 영민이 함께 싸우고, 지금 곁에서는 수많은 언니, 오빠 그리고 동료들이 같은 목표를 향해 달린다고 생각하니 든든했다.

진숙은 대학생 오빠의 진두지휘를 따라 움직이느라 바빴다. 그런 와중에 옆 사람의 끈질긴 눈길이 느껴졌다. 아주머니가 건네 준 물을 마시며 옆 사람을 바라보았다.

"물맛이 꿀맛이제? 힘내!"

헉, 담임 선생님이었다. 꼰대 기질만 있는 줄 알았는데, 선생님 역시 빛고을 사람이었다.

"내일은 정상 수업이다."

담임 선생님은 눈을 찡긋거리며 농담처럼 한 마디 툭 던져 놓고 사람들 틈을 비집고 나갔다. 도망한다기보다는 진숙과 나란히 시위대에 서는 게 민망했던 것 같았다. 진숙은 왠지 가슴에 따뜻한 물이 흐르는 것 같았다.

"여러분, 잠깐 그 자리에 서 주십시오! 이 시간 중대한 소견 발표를 한다는 동지가 있습니다. 앞으로 나올 때 큰 박수로 맞아 주십시오."

대학생 오빠의 소개와 함께 무대에 나선 이는 놀랍게도 경희 언니였다. 그동안 학교에도 무단결석 중인 언니를 저 높은 무대에서 보다니. 반가우면서도 왠지 가슴에 서늘한 바람이 지나갔다.

"여러분, 우리는 정직한 선거를 원했습니다. 독재정권은 끄떡없습니다. 아니 오히려 정권 연장의 승리에 취해 국민을 기만하고 있습니다. 저는 지금 이 시각 한 줌의 피를 통해 호소합니다."

이 말을 끝냄과 동시에 경희 언니는 하얀 헝겊을 펼친 뒤, 칼로 손가락을 그었다. 솔직히 무대가 너무 멀어 자세히 보이지는 않았다. 그러나 잠시 후, 언니가 양손으로 펼쳐 든 글자만은 또렷했다.

민주주의 만세!

평소에도 붓글씨를 잘 쓰던 언니의 혈서는 빛났다. 붉은 글씨가 꽃처럼 아름다웠다. 역시 경희 언니답다는 생각이 들면서도 왠지 목젖이 따끔거렸다. 자신의 몸에 칼을 대면서까지 이 싸움을 해야 하는지. 영민도 그렇고. 주위의 친한 사람들이 흘린 피의 대가가 과연 무엇인지. 소리 내어 울고 싶을 만큼 아팠다.

"와아! 여학생이 대단하다. 민주주의 만세!"

"민주주의 만세!"

"피를 부르는 독재자 물러나라! 물러나라!"

시민들의 함성이 하늘을 찔렀다. 경희 언니는 손을 움켜잡은 채, 무대 뒤로 사라졌다. 영민처럼 파상풍으로 고생하는 것은 아닌지, 걱정되어 언니 곁으로 가려 했으나, 사람들의 물결 때문에 꼼짝할 수 없었다.

혈서를 쓰는 사람들이 경희 언니의 뒤를 계속 이었다. 하얀 옥양목 위에 쓴 혈서들이 불꽃이 되어 사람들의 마음을 움직였다. 사람들의 함성과 구호가 더욱 격렬해지자, 경찰들의 저지 역시 더욱 거세졌다. 지옥이 따로 없었다. 도망치는 사람들에 깔려 숨도 제대로 못 쉬는 진숙의 손을 누군가 잡았다. 영어 선생님이었다. 진숙은 너무 놀라 입을 다물 수 없었다.

"이러다 쥐도 새도 모르게 죽어. 싸게 일어나. 도망가."

선생님의 손에 이끌려 진숙은 간신히 물결 속을 헤집으며 나왔다. 간신히 아수라장 속을 벗어났다.

"내일 학교에서 보자. 이제 그만하고 돌아가."

선생님은 한 마디 툭 던지고 군중 속으로 사라졌다. 꿈같은 현실이었다. 진숙도 끝까지 동참할 생각으로 다시 시위대 속으로 들어갔다. 경희 언니처럼 혈서는 못 쓰더라도 힘은 더하고 싶었다.

점심도 못 먹고 이리저리 휩쓸렸더니, 어지러웠다. 최루탄 냄새는 이력이 생겨서 눈물 찔끔 흘리고 나면 그만이었다. 최루탄보다 더 무서운 건 공권력이었다. 총칼을 든 경찰들은 아무런 무기 없이 평화 행진을 외치는 시민과 학생들을 무작위로 잡아 닭장 속으로 집어 던졌다. 개나 돼지보다 더 짓밟히는 모습을 보면, 두려웠다. 그나마 위로가 되는 것은, 손가락 집어넣을 자리가 없을 만큼 촘촘한 시위대였다. 쓰러지고 넘어져서 진흙이 덕지덕지 묻은 교복을 입은 여학생을 보면 껴안고 싶었다. 모자를 쓴 남학생은 모두가 다 영민처럼 보였다. 어쩌면 지금 영민도 서울 시내 어디선가 몸 바쳐 싸울 것을 생각하면, 피곤하다는 생각조차 사치였다. 영민이 보고 싶은 마음이 들수록 목소리에 힘이 가해졌다.

"진숙아. 여기서 만나네. 다친 데 없지?"

밀리는 사람들 틈새에서 경희 언니를 만났다. 엄마를 만난 것처럼 반가웠다. 언니는 찰나의 순간에 완전 딴 얼굴이었다. 잔 다르크 같았다.

"언니, 아프지 않아요? 얼른 소독하고 약 발라야 해요. 저랑 같이 병원 가요."

여전사 같던 언니의 얼굴이 일그러지는 걸 보니, 상처가 깊은 것 같았다. 오른손을 동여맨 손수건이 붉게 물들어 있었다. 심각하다 싶었다.

언니의 얼굴이 점점 더 파리해져 가는 것 같아 불안했다.

"잠시만 피해 주세요. 위급 환자예요."

진숙은 사람들에게 큰 목소리로 외쳤다. 사람들은 경희 언니가 감싸고 있는 붉은 손수건을 보자 빠져나갈 길을 만드느라 진땀을 뺐다. 어떤 아주머니는 언니의 손에 볼을 비비며 위로했다. 간신히 무리 속에서 나와 병원 문을 열었다. 영화에서 본 듯한 풍경이 눈앞에 펼쳐졌다. 하얀 가운을 입은 의사와 간호사 들이 경직된 얼굴로 오갔다. 경찰이 쏜 총에 맞은 학생과 시민 들이 침대가 부족해 바닥에 누워 있기도 했다. 부상자들의 신음에 온몸에 소름이 돋았다. 가슴속에서 열기가 치솟았다.

"무고한 학생들을 향해 총을 쏘는 경찰이 말이 돼? 언니."

"짐승 같은 인간들!"

경희 언니는 치료받으러 들어가면서도 부르르 온몸을 떨며 외쳤다.

다친 사람들이 많아, 언니의 치료는 늦어졌다. 고통스러워하는 경희 언니를 보자, 영민의 아픔이 온몸으로 느껴졌다. 붉은 노을이 질 즈음에야 치료를 받을 수 있었다. 붕대를 감은 언니를 데리고 밖으로 나오려는데, 병원에 오가던 사람들이 큰 목소리로 웅성대기 시작했다.

"계엄령이 내려졌다네. 큰일이야. 나라가 어디로 가는 것인지 원."

계엄령 소식을 들은 경희 언니와 진숙은 맥없이 병원 문을 나섰다.

'계엄령 반대'를 외치는 시민들의 목소리가 장송곡처럼 들렸다. 곧이어 터지는 공포탄 소리에 온몸이 떨렸다.

"진숙아, 넌 들어가. 난 다시 금남로에 나가 볼게."

"언니. 그러다 죽을 수도 있어."

"이미 죽은 사람도 많아. 죽어서라도 민주주의를 이룰 수 있다면…. 후회 없어."

진숙은 말을 흐리는 경희 언니를 꼭 끌어안았다. 그 순간, 또 영민의 얼굴이 스쳐 갔다. 이상하게 영민과 언니는 닮은 데가 많다는 생각이 들었다. 붉은 노을이 꼬리를 감추고 어둠이 내려앉자, 하염없이 눈물이 나왔다.

계엄령이 내려지면서 학생들과 시민들의 시위는 더욱 극렬해졌다. 수많은 학생들의 피를 본 뒤에야 결국, 독재자는 무대에서 내려왔다. 빛고을의 함성도 점차 잦아들었다.

활짝 피었던 목련 꽃잎이 하롱하롱 졌다. 목련이 피면 보고 싶다던 영민에게는 아무런 소식이 없었다. 진숙은 밤새 편지를 썼다 지우느라 새벽녘에야 잠이 들 때가 많았다. 지난밤에는 꿈속에 영민이 나타났다. 얼굴은 뚜렷하지 않으나 형형한 눈빛만은 또렷했다. 영민은 무슨 말인가 하려 했지만, 끝내 아무 말도 못했다. 진숙도 영민에게 말하려 했지만, 소리가 터지지 않았다. 갑자기 영민이 사라졌다. '안 돼!' 소리치는 바람에 눈을 떴다.

벌떡 일어나 창문을 바라보았다. 먼동이 터 오는 모습이 예사롭지 않았다. 진숙은 불길한 예감에 애가 탔다.

'이럴 때 전화라도 맘대로 걸면 좋은데…. 학교 가기 전에 우체국에 가서 시외전화 걸어 봐야겠다.'

급기야 전화를 해야겠다는 생각이 들자, 마음이 급했다. 영민이 알려 준 집 전화번호가 적힌 쪽지를 열 번도 더 들여다보며 걸었다. 영민과 연결될 유일한 끈이라 생각하니, 소중한 보물단지처럼 느껴졌다.

우체국 문이 열릴 때까지 기다리는 시간이 영원처럼 길게 느껴졌다. 지각할 것이 뻔한데도 아랑곳 않았다. 오직 영민의 소식이 궁금할 뿐.

직원이 피로감이 덕지덕지 묻은 얼굴로 문을 열자마자, 진숙은 우체국 안으로 들어갔다. 몇 대 안 되는 시외전화 부스는 비어 있었다. 진숙은 미리 준비한 동전을 넣고도 망설였다. 마음에 걸리는 게 많았다. 부모님이 전화를 받을까 두렵기도 하고, 영민이 학교에 갈 시간이기도 했기 때문이다. 그저 궁금한 마음에 달려온 자신이 한심스러웠다. 하지만 알 수 없는 내면의 소리에 이끌려 수화기를 들었다.

뚜르르. 뚜르릉.

한참 신호가 간 뒤, 누군가 전화를 받았다. 저음의 중년 남자 목소리였다. 분명 영민 아버지일 것이다. 진숙은 떨리는 가슴을 진정시킨 채, 말문을 열었다.

"안녕하세요. 저는 오진숙이라고 합니다. 영민이 … 학교에 갔나요?"

전화기 너머에서는 무거운 침묵이 흘렀다. 입술이 바싹 탔다. 민망하기도 하고 후회스럽기도 했다. 진숙은 등에 진땀이 흘렀다.

"그러잖아도 서랍 정리하다 편지를 보았어요. 우리 영민이가…. 경무대 앞서 시위하다…. 그만 총에 맞아서…. 흑."

찰칵.

갑자기 전화가 끊겼다. 눈앞이 어질했다. 활활 타오르듯 불꽃이 나타났다 사라졌다. 환상이었다. 대낮인데도 세상 모두가 정지된 듯 캄캄했다. 진숙은 수화기를 든 채, 스르르 무너져 내렸다. 하늘에서 까마귀 떼가 슬피 울며 날았다.

광주, 전남여고 학생 시위

4·19 당시 광주에는 전남대·조선대·광주사범학교가 있었지만, 고등학교로는 광주고·광주공고·조대부고·광주상고·광주농고·수피아여고·숭일고·광주일고·전남여고·광주여고 등이 있었다. 이처럼 많은 고등학생의 수적 우위와 조직적 동원이 쉬운 학급 구조, 일제강점기 광주 학생 독립운동부터 이어진 운동 역량 축적이 이 지역 고등학생들이 4월혁명을 주도한 원동력이었을 것이다.

광주의 4·19 시위는 광주고에서 시작했고, 참여자도 가장 많았다. 증언에 따르면, '광주고생은 농촌 출신이 많아 자취·하숙생이 많았고, 그래서 친구들끼리 모여 시국과 시위에 관한 토론이 활발했다'고 한다. 이어서 시위대가 가장 먼저 찾은 학교는 전남여고였다. 전남여고 앞에서 시위 학생들은 전남여고생들에게 밖으로 나오라고 외쳤으나 반응이 없자 광주여고로 향했다. 광주여고에는 이미 경찰이 배치돼 있어서 시위대는 광주공고(지금의 광주시 동구청 자리)로 향했고, 이 과정에서 학생 일부가 경찰에 연행되었다. 광주여고생 150명 정도는 운동장에 집결하여 학교 밖으로 나가려고 했으나, 경찰에 의해 저지당했다.

19일 오후에 이르도록 시위 학생은 대부분 고교생이었다. 그렇다고 1960년 4월 19일 오후 충장로, 금남로 시위에 고등학생만 참여하지는 않았다. 당시 《전남일보》는 '학생들은 시위를 벌였고, 시민들도 연도에서 이따금 손뼉을 치며 응원했다'라는 식으로 보도를 계속했다.

광주 동구 계림동 광주고 앞 민주로는 4월 19일 광주고 학생들이 경찰의 저지선을 뚫고 다른 여러 학교 학생들과 행진한 역사적 길이다. 당시 독재정권 타도를 외치며 시위를 하다 경찰과 충돌해 일곱 명이 숨지고 수백 명이 다쳤다.

비상계엄령이 내려지고 난 뒤인 4월 20일에는 전남대와 광주농고생이 시위를 시작, 5000여 명이 계엄군과 충장로 일대에서 격렬한 투석전을 벌이기도 했다.

2006년에 광주시 동구 계림동에 '광주 4·19혁명 기념관'이 세워졌다. 기념관이 설립된 이유는 4월 민주광장에 선혈을 뿌렸던 사건의 희생자들을 추모하고 후손들이 4·19 정신을 계승함과 동시에 광주가 민주화의 터전이었다는 것을 잊지 않고 민주화의 정신을 계승하기 위해서라고 한다. 기념관에는 혁명 당시 학생들의 시위 현장을 찍은 사진들이 전시되어 있다. 또한 〈광주 전남의 4월 혁명〉(호남 4 · 19 30년사 편찬위원회, 1995)이라는 자료에는 다음과 같은 내용이 실려 있다.

"광주, 전남 지역에서 4 · 19는 잊힌 혁명이다. 그래서 4 · 19에 대한 기억과 자료를 발굴하는 작업이 쉽지 않다. 애초에 광주, 전남 지역 4 · 19와 관련된 자료가 많지 않고, 자료의 부족을 대신하여 4 · 19를 기억하고 진술해 줄 이들의 수도 갈수록 줄어들고 있다.

광주, 전남 지역에서도 서울이나 기타 지역과 마찬가지로 대리 투표, 사전 투표, 3인조 투표 등이 실시되었고, 민주당 참관인이 곳곳에서 내쫓겼다. 광주, 전남 지역 4월혁명 과정에서 민주당이 독자적으로 수행한 역할은 '부정 선거 감시 운동'이었다.

전남대와 조선대 학생들을 중심으로 부정 선거 감시단을 조직해 이들이 광주 지역 각 투표소에 배치되어 자유당과 정부의 관권 부정 선거를 감시하는 역할을 담당했으나 이승만 정권은 용인하지 않았다.

'곡민주주의'라고 쓴 만장을 든 민주 당원들이 민주당 전남도당 사무실을 나와 금남로로 진출하자 경찰은 즉각 제지에 나섰고, 경찰과 민주 당원 및 시민들 간에 공방전이 전개되었다."

이처럼 4·19혁명은 한 도시만의 항거가 아니었다. 잃어버린 민주주의를 찾아야 한다는 목소리는 전국을 강타했고, 민주주의의 산실 '빛고을 광주'도 마찬가지였다.

종이 울리면

이상권 산과 들이 있는 마을에서 어린 시절을 행복하게 보냈지만, 고등학교 시절에는 난독증과 불안 증세로 학교 생활에 적응하지 못해 거의 꼴찌였다. 《창작과 비평》에 소설 〈눈물 한번 씻고 세상을 보니〉를 발표하면서 작가가 됐고, 소설 〈고양이가 기른 다람쥐〉는 고등학교 1학년 국어교과서에 수록됐다. 지은 책으로 《난 멍 때릴 때가 가장 행복해》, 《숲은 그렇게 대답했다》, 《어떤 범생이가》, 《하늘로 날아간 집오리》, 《서울 사는 외계인들》, 《대한 독립 만세》(공저), 《첫사랑 ing》, 《빡빡머리 앤》(공저) 등이 있다.

역사 플랫폼으로 비바람이 그악스럽게 들이치고 있었다. 학생들은 고개를 숙이면서 조금이라도 비바람을 피해 보려고 애를 썼다. '위대한 지도자 이승만 대통령을 환영합니다'라고 쓰인 현수막이

"위휘이이잉!"

마치 괴물이 울부짖듯이 이상한 소리를 내면서 흔들렸다. 그럴수록 비바람은 더욱 거칠게 몰아쳤다.

"온 세상 비바람이 수원역으로 집결한 것 같네!"

"춥고, 배고프고, 오줌도 마렵고, 미치겠네!"

"대체 언제 오는 거야!"

플랫폼 맨 앞줄은 2학년 규율부원들이 로봇처럼 서서 비바람을 막아 내고 있었고, 그 뒤쪽으로 학생들이 정렬해 있었다. 인솔 책임자인 규율부 선생님이 조용히 하라고 계속 인상을 써 봐도 학생들의 불만 섞인 웅성거림을 완벽하게 통제하기란 불가능한 날씨

였다. 11월 말이라 이미 바람은 찬 맛이 들어 있는 상태였는데 차가운 비까지 섞여 있으니 그 한기는 온몸을 마비시킬 정도였다.

학생들 뒤쪽에는 반공청년단원들을 비롯하여 수원 지역의 여당 정치인들이 교묘하게 비바람을 피하고 있다가, 역무원들이 호루라기를 불어 대자 재빠르게 플랫폼 앞으로 와서 정렬했다.

"이승만 대통령 만세에!"

반공청년단원 중 하나가 소리치자 다른 사람들도 따라서 외쳤다.

"이승만 대통령 만세에!"

그때마다 태극기와 성조기가 휘날렸다.

규율부 선생님이 학생들을 돌아다보고는 큰소리로 외치라고 계속 몸짓 신호를 보냈다. 그래도 학생들 목소리는 커지지 않았다.

곧이어 기차가 요란하게 경적을 울리며 들어왔다. 플랫폼에 정렬해 있던 사람들은 '대한 독립 만세'를 부르듯이 이승만 대통령 만세를 외쳤다. 대통령을 실은 기차는 조금도 속도를 늦추지 않고 그대로 지나쳐 버렸다.

그렇게 1959년이 지나가고 있었다.

*

강진은 가장 늦게 교무실에서 나왔다. 복도에서 기다리고 있던 태섭이가 교무실 팻말을 힐끗 보고는 까만 안경테를 밀어 올렸다.

"아마 어제 대구에서 터진 일 때문에 우리를 불렀을 거야. 솔직하게 말하지 않았지만…."

태섭이의 말은 그 대목에서 갑자기 끊어졌다. 교무실 문이 열리고 규율부 선생님이 나왔을 때 강진은 괜히 가슴이 철렁하였다. 다행스럽게도 선생님은 화장실 쪽으로 방향을 틀었다.

학생들은 도망치듯이 긴 복도를 빠져나왔다.

아직도 강진의 고막에서는 규율부 선생님의 쩌렁쩌렁한 목소리가 울려 퍼지는 것 같았다. 선생님은 3학년 규율부원들을 책상 앞에다 세워 놓고는, 박달나무로 만든, 일명 '정신봉'을 추임새처럼 이용하여 바닥을 토독, 토도독, 두들기면서 말했다.

"자, 명심해라. 새 학기 초에는 학생들 마음이 들뜨고 흐트러지기 마련이다. 요새처럼 봄바람이 불면서 세상도 시끌시끌하니까 더욱 그러기 마련이지. 특히 신입생들은 더 흔들릴 수 있으니, 선배인 너희들이 중심을 잘 잡아 주길 바란다. 학생은 그저 학생 본연의 임무인 공부만 충실하게 수행하면 된다. 괜히 다른 곳에 한눈팔게 되면 그 학생만 손해다. 너희들은 선배로서, 규율부원으로서, 모든 학생들이 건전한 학교생활에 전념할 수 있도록 학교 분위기를 잘 만들어 가야 한다."

다른 선생님들이 쳐다보건 말건 선생님의 잔소리는 계속 이어졌다. 강진의 눈에 선생님 책상 뒤쪽 유리창 너머에 매달려 있는 종이 보였다. 누군가 저 종을 쳐 주었으면 좋겠다고 생각했다. 그러면 이 지긋지긋한 잔소리도 끝이 날 텐데.

선생님의 잔소리는 한 시간이 넘어서야 끝났다.

규율부원들은 운동장 가장 구석진 곳으로 가서야 마음 놓고 떠들기 시작했다.

"앞으로 저 잔소리를 얼마나 들어야 하냐?"

"아이고, 맥 빠져! 하도 목소리가 커서 다른 생각도 못 하겠어."

"근데 말이야, 나도 아까 태섭이가 한 말처럼, 선생님이 어제 대구 학생들 시위 때문에 우릴 소집한 것 같아."

"그거야 뻔한 거 아니냐."

규율부원들은 자연스럽게 대구 학생 시위에 대한 이야기를 했다. 그 사건을 모르는 사람은 아무도 없었다.

"어제는 이월 이십팔 일이야. 근데 기말고사를 치른다고 학생들을 등교시키는 꼰대들이 어딨어?"

"이월 이십팔 일까지 기말고사를 치르지 않는 학교도 있나? 설마 기말고사를 두 번 치른 건 아니겠지."

"그럴 수도 있지 뭐. 어제 대구에서 민주당 장면 후보 연설회가 있었다고 하던데, 거기에 학생들이 참여할까 봐 강제 등교시킨 거니까!"

강진은 가슴이 답답해졌다. 학교 선생님들은 학생들에게 공부만 하라고 말한다. 정치는 어른들이 하는 것이라고 하면서. 그렇다면 학생들을 가만히 내버려 둬야 하는 게 아닌가. 더구나 투표권도 없는 고등학생들을 왜 두려워하는지 모르겠다.

어제 대구에서는 일요일인데도 학생들이 집에서 편안하게 쉴 수가 없었다.

어떤 학교는 학기말 시험을 치르고, 어떤 학교는 임시 수업, 어떤 학교는 송별회, 어떤 학교는 무용 발표회, 어떤 학교는 그냥 자습, 어떤 학교는 학년별 오락회, 심지어 어떤 학교는 토끼 사냥까지 갔다니, 그 자체가 코미디였다.

갑자기 작년 11월 말에 수원역에 동원되었던 일이 떠오른다. 대통령이 수원에 오는 것도 아니고, 대통령이 탄 기차가 수원역을 지나가는 것뿐이었는데 학생들을 동원하여 환영 행사를 하다니. 그때 기차 안에서 대통령은 환영객들을 보기나 했을까. 어쩌면 편안하게 잠을 자고 있었을지도 모른다.

강진은 정치에 대해서 관심이 없다. 그런데도 동네 어른들 말이 들렸고, 그런 말을 듣다 보면 이승만이 이 나라의 대통령이라는 사실이 불행이라는 생각이 들었다. 어른들은 이승만을 독재자라고 하였다. 해방되고 지금까지 10여 년간 대통령을 해 먹었고, 그것도 부족하여 또다시 정권을 연장하려고 한다면서.

그러거나 말거나 강진은 신경 쓰지 않았다. 규율부원들 중에서는 3월 15일로 잡혀 있는 정부통령 선거에 관심을 보이는 이들도 있었고, 몇몇은 민주당 선거 유세가 열리면 참가하기도 하였다. 규율부원들이 그런 이야기를 하면 강진은 그냥 들어 줄 뿐이었다.

강진은 누가 대통령이 되든 관심이 없었고, 다만 학생들을 정치적으로 이용하지 말았으면 좋겠다는 생각만 하고 있었다. 어제 대구에서 있었던 것처럼 일요일인데도 학생들을 강제 등교시키는 발상을 해 낸 자유당 정치인들은 이 땅에서 사라져야 한다.

규율부원들은 학생들을 정치적으로 이용하고 있는 자유당을 강하게 비판했다. 어쩌면 이 나라에 사는 모든 학생들 마음이 똑같을지도 모른다.

강진은 누군가 배고프다고 하자, 국수 먹으러 가자고 일어서다가 새로운 각오를 다지듯이 덧붙였다.

"야, 우리 올 한 해 잘해 보자. 어려운 일이 생기거나 선생님한테 할 말 있으면 나한테 말해라. 내가 그것 하나는 약속할게. 너희들 의견은 내가 목숨 걸고 전달하고, 지켜 줄게. 그것 하나만큼 진짜 약속한다!"

독 오른 봄바람은 겨울바람만큼이나 추웠다. 번갯불이 으르렁거리고, 천둥까지 야단이었다. 그랬으니 일찌감치 얼굴을 내민 봄풀들에게는 참 고달픈 시간이었으리라.

강진은 처마 밑에서 잠깐 비바람의 서슬을 가늠해 보다가 곧장 집을 나섰다.

오늘은 토요일이고 날씨마저 사납기 때문에 조금 게으름을 부리고 싶었지만, 태섭이를 떠올리자 저도 모르게 걸음걸이가 빨라졌다.

2학년 때부터 친했던 태섭이는 그 누구보다도 규율부 일에 충실하였다. 며칠 전에도 비가 내린 적이 있었다. 비가 오면 규율부원들이 교문 앞에 정렬하지 않아도 되건만, 그날도 태섭이는 혼자 교문을 지키고 있었다. 태섭이는 그런 아이였다.

다행히도 태섭이는 아직 정문에 보이지 않았다. 강진은 수위실 옆에 있는 작은 창고로 들어가서 각반으로 허리를 졸라매고 노란 완장을 찼다. 그런 다음 천천히 밖으로 나왔다. 우산을 쓰고 있어서 그런지 다른 날보다 몸이 더 편안했다.

그로부터 5분쯤 흘렀을까. 태섭이가 왔다. 강진보다 키가 작고 곱상하게 생긴 태섭이는

"야, 봄비치고는 제법 사나운데…."

그렇게 혼잣말처럼 읊조리고는 강진 옆으로 오더니 슬쩍 눈을 마주치며 웃었다.

"야, 작년 십일월에 수원역으로 이승만 대통령 환영 행사에 동원되어 갔을 때가 떠오른다. 오늘이 꼭 그날 같다. 그때 진짜 추웠는데 규율부원이라고 그런 티도 못 내고, 진짜 미치겠더라. 내가 꼭 반공청년단이라도 된 기분이었어."

강진도 그날을 잊을 수 없었다. 플랫폼으로 태질해 오는 날카로운 비바람을 온몸으로 막아 내면서 대통령이 탄 기차를 기다리는 그 시간 내내

'왜 내가 여기에 서 있어야 하지?'

하고 자기 자신에게 수백 번도 넘게 질문을 던졌다. 그러다가 규율부 선생님하고 눈이 마주치면, 그는 더욱 눈을 크게 뜨고는

"규율부는 무조건 참아 내야 한다. 다른 학생들에게 모범이 되어야 한다. 특히 너는 규율부장이다! 이것도 규율부원 수련 과정이다!"

그렇게 말하는 것 같았고, 막상 대통령이 탄 기차가 지나가고 나자 그만 맥이 풀려서 하마터면 주저앉을 뻔했다.

강진은 그런 기억을 떠올리면서 요즘도 가끔 그때 꿈을 꾼다고 말했다. 놀랍게도 태섭이 역시 똑같은 말을 하였다.

"나도 가끔씩 그런 꿈을 꿔. 그런 거야 반공청년단원이나 동원하면 될 것을, 왜 공부하는 학생들까지 불러서 그 지랄을 하냐고! 진짜 짜증나!"

한때 국가대표 육상 선수였다는 규율부 선생님이 까만 우산을 뱅글뱅글 돌리면서 어기적어기적 걸어왔다. 강진과 태섭은 엉거주춤 우산을 내려놓고 거수경례를 했다. 선생님은 "오냐!" 하고 손을 흔들더니

"우산 써, 오늘은 우산 써도 돼. 암튼, 올해 규율부원들이 가장 열심히 하는구나! 그래, 진정한 규율부라면 비가 오나 눈이 오나 나와야지! 좋았어!"

그러면서 그들의 어깨를 토닥토닥하였다. 너무 과한 칭찬을 받

아서 그런지 강진은 쓴웃음을 짓다가 태섭이를 보았다. 태섭이도 쓴웃음을 짓고 있었다. 둘은 한동안 말이 없었다.

강진은 한동안 우산을 쓰지 않고 비를 맞다가 태섭이를 보았다. 태섭이가 어서 우산을 쓰라고 했다. 그제야 강진은 우산을 제대로 쓰면서 태섭이한테 말했다.

"아 참, 너희 누나는 무슨 과 다녀?"

강진은 태섭이네 집에 가면 많은 책이 부러웠고, 국수를 맛있게 끓여 주는 누나가 있다는 것도 부러웠다.

태섭이는 누나가 사범대에 다닌다고 대답했다.

"선생님 되겠네? 암튼 넌 누나 때문에 책도 많이 볼 수 있고 좋겠다. 근데 왜 대학생들이 조용하냐? 세상이 시끌시끌 야단이잖아? 자유당은 개판이고, 오죽했으면 고등학생들이 나서겠냐? 근데 이런 일에는 대학생들이 나서야 하는 거 아냐?"

대구 학생 시위 소식을 들은 날에도, 강진은 대학생들에게 불만을 가졌다. 고등학생들도 나서는데 지성인이라는 대학생들은 침묵하고 있었다. 그 이후로도 서울이나 지방에서 계속 고등학생들이 시위에 나서는데 대학생들은 벙어리처럼 잠잠했다.

교문으로 들어오던 학생들이 우산을 들고 어색하게 거수경례를 했다. 강진은 거수경계로 응답하면서 학생들의 복장을 순간적으로 훑어 내렸다. 어느새 버릇이 되어 버렸다. 세 번째로 들어오는 학생의 교복 맨 위쪽 단추가 풀려 있었다. 강진은 그 학생을 부를

까 하다가 비바람이 심해 그냥 모른 체하였다.

한 무리의 학생들이 지나가고 교문 앞이 조용해지자 세 명의 규율부원이 들어왔다.

“규율부장이랑 태섭이지? 내가 이럴 줄 알았어. 야, 이런 날은 좀 쉬면 안 되냐?”

규율부원들 중에서 가장 키가 큰 영식이가 불만 섞인 표정으로 말했다. 사실 영식이는 가장 강력한 규율부장 후보였는데 무슨 이유인지 몰라도 규율부 선생님한테 선택을 받지 못했다. 친구들 말처럼 영식이가 공부도 잘하고 집안도 좋지만 깡다구가 없어서 그랬는지도 모른다.

“아, 미안! 나도 그럴까 했는데, 괜히 선생님들 눈치 보는 것보다 이렇게 나와 있는 게 더 편할 것 같아서….”

강진은 영식이 옆에 서 있는 진구를 보면서 헤헤헤 웃었다. 진구는 가장 규율부답지 않은 아이다. 아무리 규율부 선생님이 허리를 펴고 걸으라고 해도 고개를 약간 숙인 채 꾸부정하게 걸었고, 워낙 말수도 없어서 거의 존재감이 없었다. 그런데도 진구하고 눈이 마주치면 뭔가 함부로 대할 수 없는 깊이가 느껴졌다.

규율부원들은 정렬한 채 빗속을 뚫고 학교로 오는 학생들을 검열하듯이 쏘아보았고, 학생들이 뜸해지자 태섭이가 슬쩍 강진을 보면서 입을 열었다.

“강진아, 사실 나도 누나한테 슬쩍 물어봤거든. 누나 왜 대학생들이 가만있는 거야. 고등학생들이 저렇게 난린데…. 그랬더니 누나 말이, 대학생들도 부글부글 끓고 있대. 누가 선뜻 나서지 못하고 다들 눈치만 보고 있는 거래. 왜냐면 대학생들은 데모하다가 잡히면 바로 군대 가야 한대. 강제 징집당한다는 거야. 그러니 쉽게 나서지 못하는 거지."

강진은 알았다고 고개를 끄덕이면서 다시 자전거에서 뛰어내리는 학생들을 보고 있었는데, 바로 옆에 있던 영식이가

"야, 그게 무슨 말이냐?"

하고 물었다. 태섭이가 영식이랑 진구를 보면서 이런 이야기까지 나오게 된 이유를 자세히 늘어놓았다. 그러자 영식이가 제발 올해는 우리 학교 학생들이 어딘가에 동원되지 않고 지나갔으면 좋겠다고 말했고, 진구도 고개를 끄덕였다.

순간 강진은 저도 모르게 입을 열었다.

"걱정 마라. 만약 올해도 그런 일이 벌어지면 … 이번에는 내가 나서서 거부할 거야. 진짜야."

솔직히 그런 생각을 해 본 적은 한 번도 없었다. 다만 어떤 명목으로든 학생들이 학교 밖으로 동원되는 일만큼은 없어졌으면 좋겠다고 생각했을 뿐이다. 그런데 저도 모르게 이런 말이 튀어나오고야 말았고, 그래서 속으로 얼마나 당황했는지 모른다.

강진은 그런 떨림을 가까스로 누르고 참아 내고 있었다.

태섭이가 그런 강진의 손을 꼭 잡았다.

"역시 규율부장 한번 잘 뽑았네! 나도 그렇게 할 거야. 그건 잘못되어도 한참 잘못된 거니까 고쳐야지. 안 그냐?"

태섭이가 다른 규율부원들을 쳐다보자

"나도 가만 안 있을 거야!"

하고 영식이도 나섰다. 그 옆에 있던 진구는 약간 당황하는 듯하면서도 아무런 표정을 드러내지 않았다.

월요일 오후였다. 담임 선생님의 종례가 끝나자마자 강진은 자리에서 벌떡 일어났다. 같은 반인 영식이가 늦었다고 하면서 어서 가자고 속삭였다.

강진은 몇 번이나 시계를 보면서 학교 뒷산으로 올라갔다. 너무 급하게 서둘러서 그런지 금세 숨이 찼고, 강진은 늙은 소나무 밑동에다 등을 기대며 잠시 걸음을 멈추었다.

"영식아, 지난 토요일 이후 잠을 제대로 못 자서 그런지 힘드네."

강진은 솔직하게 말했다. 비바람이 몰아치던 지난주 토요일 아침에 우연히 몇몇 규율부원들이랑 학생들 강제 동원에 대한 이야기를 하였고, 그러다가 태섭이의 입에서

"야, 우리도 여차하면 대구 학생들처럼 나서야 하는 거 아냐?"

하는 말이 흘러나왔다. 그러자 영식이가 다른 규율부원들을 보면서

"야, 그럼 우리끼리만 그런 이야기하지 말고 다 같이 모여 보자.

학교 다른 간부들하고도 한번 이야기해 보는 게 어떨까?"

강진이 그렇게 말하면서 다른 규율부원들을 쳐다보았다. 고개를 끄덕이는 사람도 있고, 진구처럼 신중한 눈빛으로 부정도 긍정도 하지 않는 사람도 있었다.

결국 다른 간부들이랑 모임을 갖자는 의견으로 모아졌다. 학교에 있는 다른 간부들이라면 일단 학도호군단과 학생자치회가 있다. 연락은 강진이 하기로 했다.

그날부터 강진은 학도호국단 간부들과 학생자치회 임원들을 비밀리에 만났고, 규율부원들의 뜻을 전했다. 다행스럽게도 강진이 만난 모든 학생들은 모임에 참석하겠다고 하였다.

"그렇다고 우리가 무슨 나쁜 짓을 꾸미는 것도 아니고, 진짜 시위를 계획하는 것도 아니잖아? 근데도 지난 이틀간 엄청 긴장되고…."

영식은 강진의 말을 듣지 않고도 그런 마음을 이해할 수 있다고 어깨를 툭 쳐 주었다. 사실은 자기도 오늘 많이 불안했다고 하면서 앞장섰다.

100여 미터쯤 숲속으로 들어가자 햇살이 잘 드는 양지바른 곳에 평평한 바위 몇 개가 보였다. 그 위에 학생들이 끼리끼리 앉아 있었다.

강진은 늦어서 미안하다고 했다. 다른 학생들은 괜찮다고 하면서 어떻게 이런 장소를 생각했냐고 물었다. 이곳이야말로 비밀 모임을 하기에 딱 좋은 곳이라고. 교실에서 모이면 선생님들이 이상하게 생각할 것이고, 그렇다고 시내 빵집이나 분식집에서 모여 이런 이야기를 할 수도 없고, 누구네 집에 모인다고 해도 부모님이나 다른 식구들 눈치가 보일 것이고, 시내 공원 같은 데는 반공청년단이나 형사들이 깔려 있어서 아예 엄두도 낼 수가 없는데, 여기는 아무도 방해하는 사람이 없으니 정말 좋다고.

강진은 1학년 때부터 이 숲에 왔다. 학교 수업이 끝나고 머리가 아프거나 뭔가 공부가 잘되지 않거나 기분이 좋지 않을 때마다 혼자 이 숲에 왔다. 강진은 이곳을 '비밀의 숲'이라고 불렀다. 여기에 와서 잠시만 앉았다가 돌아가도 머리가 개운해졌다. 그래서 최근에는 점심시간에도 종종 올라올 때가 있었다. 강진이 먼저 입을 열었다.

"다들 오늘 모인 이유를 알 거야. 지난 이월 이십팔 일 대구에서 고등학생들의 시위가 있었잖아? 그 뒤로 보도가 되지 않아서 그렇지, 전국에서 계속 고등학생들의 시위가 이어지고 있어. 삼월 오일 토요일에도 서울에서 고등학생들이 서울운동장에서 열린 장면 후보 선거 유세 후에 시위를 했고, 일요일인 어제는 대전고등학교 학생들 천여 명이 시위를 했대…."

2학년 때까지 씨름선수로 이름을 날렸던 학도호국단 연대장이 헛기침을 하면서 나섰다.

"나도 우리 친척이 대전에 살아서 어젯밤에 아버지랑 통화하는 것 들었는데, 진짜 살벌했다더라. 소방차까지 출동해서 물대포 쏴

대고, 장난 아니었대! 엄청 잡혀가고, 뭐 총만 쏘지 않았지 전쟁터 같았다고 하더라. 게다가 그런 시위 현장에는 반공청년단 놈들이 꼭 나타나잖아! 성조기랑 태극기 들고 지랄하는 것 보면, 지들이 무슨 독립운동한 사람들 같다니깐! 실제로는 이승만 똥개들이면서."

"아, 그러니까…" 하고 약간 머뭇거리면서 주위를 돌아다본 사람은 규율부원인 진구였다. 좀처럼 자기 의견을 드러내지 않는 친구라서 강진은 묘하게도 긴장이 되었다.

"나도 그동안 많이 생각해 봤는데, 우리가 나선다고 뭐가 되겠어? 대학생들이 나선다면 모를까! 안 그래? 지금 방송에서는 고등학생들 시위를 '북한에서 내려온 빨갱이들 선동'이라고 하거나 '남쪽에서 학생들이 데모하면 북한 놈들만 춤춘다!'고 말하는 뉴스뿐이잖아! 그래서 그래…."

그 말에 몇몇 학생들이 고개를 끄덕였다. 어른들도 하지 못하는 일을, 대학생들도 나서지 않는 일을, 고등학생이 나선다고 해서 될까. 아무도 그렇지 않다고 말할 수 없었다. 강진도 마찬가지였다. 아무것도 확신할 수 없었다. 다만 이렇게 가만히 있어서는 안 된다고 생각했을 뿐이다. 그리고 이렇게 고등학생들이 나서게 되면, 머잖아 대학생들도 자극을 받아서 제 목소리를 내게 될 것이고, 그러다 보면 어른들도 잘못된 사회를 바로잡기 위해서 거리로 나오게 될 것이라고 생각하기는 했지만, 그것은 어디까지나 강진의 바람일 뿐이었다.

강진이 머뭇거리자 태섭이가 말했다.

"맞아, 그래서 당장 시위를 하자는 것은 아냐. 그건 쉬운 일이 아니잖아? 그냥 만나서 이런 얘기라도 해 보자는 것이지. 어쨌든 세상이 잘못된 건 사실이잖아? 지금 전국의 고등학생들이 시위를 하면서 외치는 구호가 뭔 줄 알아? '학원의 정치 도구화를 배격한다!', '우리의 주장이 관철되지 않으면 동맹휴학도 불사한다!'는 거야. 다들 알겠지만 우리도 걸핏하면 여기저기 동원되어서 꼭두각시 노릇하고 있잖아? 작년에만 해도 이승만이 탄 기차가 수원역을 지나간다고 두 번이나 동원되었고, 또 누가 온다고 공설운동장에도 동원되었고…."

영식이가 곧바로 말을 이어갔다.

"난 수원역이나 공설운동장에 동원되는 것보다 삼월 이십육 일날 벌어지는 이승만 대통령 생신 축하 경축 행사가 더 골 때려! 진짜 구역질 나! 그날 빵을 나눠 줘서 좋기는 하지만…."

그건 강진도 마찬가지였다. 해마다 그날이 되면 학교에서는 모든 수업을 하지 않았고, 하루 종일 운동장에서 축구 시합을 했다. 물론 이승만 대통령 생신을 축하한다는 교장 선생님의 훈화를 들어야 했고, 서북청년단 대표가 구령대 옆에 있는 차일 밑에서 축구 시합을 관람하기도 했고, 구령대에는 커다란 태극기와 성조기가 펄럭였다. 학생들은 혼란스러웠다. 그냥 공부하지 않고 신나게 놀라고 하니깐 싫지는 않지만 막상 시간을 보내다 보면

"이게 뭐지? 이게 뭐하는 거야? 학생들이 주도적으로 하는 체육 대회도 아니고, 그렇다고 선생님들도 즐거워하지 않고…. 아니, 이게 뭐야? 대체 왜 이런 걸 해야 하지?"

그렇게 학생들은 중얼거릴 수밖에 없었다. 그런 날은 집에 돌아갈 때도 뭔가 몸이 개운하지 않았다.

숲에 모인 학생들은 그 일을 생각하면서 불만을 쏟아 냈다. 서북청년단이나 반공청년단 같은 사람들이 학교에 오는 것도 불만이었다. 누군가 그런 것부터 거부하자고 했다.

강진은 학생들이 이렇게 분노하고 있을 줄은 상상도 못 했다. 아무튼 어떤 계기가 생기면 우리 학교도 시위에 나서야 한다는 의견이 많았다. 그러나 수많은 학생들을 모아서 학교 밖으로 나간다는 것은 감정만으로는 될 일이 아니었다. 누군가 책임지고, 단단히 마음먹고 각오해야만 하는 일이었다. 사실 강진도 엄두가 나지 않았다. 그러니 결론이 날 수가 없었다. 그런데도 강진은 이렇게 학교 간부들이 다 함께 모였다는 그 자체만으로도 뭔가 힘이 생기는 것 같았다.

3월 9일 수요일 아침. 다른 날보다 일찍 교실에 들어온 담임 선생님은 학사일정이 갑자기 변경되는 바람에 내일 중간고사를 실시한다고 했다. 그야말로 폭탄선언이었다.

"선생님 농담하시는 거죠?"

"에이, 설마?"

학생들은 그렇게 반응하다가 선생님의 눈빛이 예사롭지 않다는 것을 알고는

"이게 뭔 일이지?"

하는 식으로 서로의 눈만 쳐다보았다. 일부는 멍하니 입을 벌리고 있었고, 일부는 말도 안 되는 소리라고 소리치기도 했다. 새 학기가 시작된 지 2주도 지나지 않았는데 중간고사라니, 막말로 배운 게 뭐가 있다고 시험을 치른단 말인가.

강진도 당황하면서 몇몇 학생들이랑 눈빛을 주고받았다. 이건 정말이지 상상도 할 수 없는 일이었다. 평교사들 중에서는 가장 나이가 많은 담임 선생님은 벌써부터 피곤하다는 표정을 지었고, 학생들의 질문 공세가 시작되려고 하자 출석부로 교탁을 소심하게 내리쳤다.

"자자, 그만! 내일 중간고사를 치른다는 말은 농담 아니다! 그냥 배운 만큼만 공부하고 오면 된다. 간단하게 쪽지 시험 형태로 치러질 것 같으니까 크게 부담 갖지 말고 평소 공부하듯이 하면 된다. 이상!"

강진은 이런 현실을 인정할 수가 없었다. 누군가 강진에게 와서 꿈을 꾸는 것 같다고 했을 때도 움직일 수 없었다. 누군가 내일 공설운동장에서 열리는 민주당 장면 부통령 후보의 유세 때문이 아니냐고 말했다.

"아, 맞네! 지난 이월 이십팔 일 날 대구에서도 그랬잖아!"

"어, 그러고 보니 대구랑 똑같네. 대구에서도 고등학생들을 유세장에 가지 못하게 하려고 일요일 날 강제 등교시켰잖아! 그거랑 판박이구먼."

"와아, 진짜 개자식들이다! 진짜 뒤집어엎어야 하는데…."

바글바글 교실이 끓고 있었다. 강진도 화가 났다. 자유당 정권은 지난 2월 28일 날 대구에서 중고등학생들을 일요일에 강제 등교시켰고, 그것 때문에 수많은 학생들이 거리로 나와서 학원을 정치적으로 이용하지 말라고 비판했다. 자유당은 국민들로부터 엄청난 비난을 받았다. 그런데도 전혀 반성하지 않고 똑같은 꼼수를 부리다니. 자유당이 국민을 두려워하지 않고 있다는 뜻이다. 강진은 가만히 있어서는 안 된다고 생각하면서 발바닥에다 힘을 주었다.

강진은 학교 임원들에게 점심시간에 긴급 회동을 하자고 연락했다. 장소는 지난번에 모였던 비밀의 숲이었다. 이번에도 모든 임원들이 참석했다.

학생들은 자유당을 성토하면서도 이런 일이 우리한테 일어날 줄은 몰랐다고 분노했다. 대구 학생들 시위 소식을 들을 때만 해도 자기들하고는 먼 일이라고 생각했는데, 똑같은 일이 자기들에게 닥칠 줄은 진짜 몰랐다고.

강진은 굳게 입술을 다물고 있다가 모두를 둘러보면서 입을 열었다.

“사실 나도 이런 일이 벌어질 것이라고는 진짜 상상도 못 했어. 어떻게 학생들을 유세장에 가지 못하게 하려고 이런 짓을 하냐? 다들 좋은 의견이 있으면 말해 봐.”

학도호국단 연대장이 다른 학교 상황도 알아봐야 하는 것 아니냐고 물었고, 다른 학생들도 당연히 그렇게 해야 한다고 고개를 끄덕였다. 학도호국단 연대장이 말을 이어 갔다.

“내가 알아본 바에 의하면 지금 수원 시내 모든 학교들 상황이 비슷한 것 같아. 우리 학교처럼 거의 다 내일 중간고사를 볼 거야. 학생들에게 시험만큼 강력한 구속이 없잖아? 시험에 빠지고 유세장에 갔다가는 엄청난 불이익을 당해. 그래서 중간고사라는 강력한 카드를 꺼낸 거야.”

“그럼 어떻게 하냐?”

진구가 걱정스러운 눈빛으로 말하자, 태섭이가 상체를 조금 흔들면서 쳐다보았다.

“어떡하긴, 무조건 거부해야지. 난 거부해야 한다고 생각해. 이건 분명히 잘못된 거잖아? 시험을 보려면 몇 주 전부터 공고를 해야 하고, 시험공부할 시간을 줘야 하고…. 근데 그런 거 다 무시하고 지들 맘대로 한 거니까, 우린 당연히 거부할 권리가 있어.”

학도호국단 연대장이 그 말에 찬성한다고 했다. 여기저기서 시험 거부에 찬성한다고 소리쳤다. 문제는 어떻게 시험 거부를 하느냐 하는 것이었다.

강진은 다른 학생들의 눈빛을 하나하나 마주치고는 입을 열었다.

"일단 오늘은 학생들에게 알리지 말고, 내일 아침에 와서 알리자. 그래야 비밀이 새어 나가지 않을 거야. 어때? 다른 의견이 있는 사람?"

태섭이가 버릇처럼 콧등을 만지면서 말했다.

"나도 그렇게 생각해. 내일 아침에 먼저 삼 학년들에게 알리고, 그다음에 일이 학년들에게 알리자. 그러니까 여기서 일이 학년 교실에 들어갈 사람을 정하자!"

1, 2학년 교실에 들어갈 사람들은 자발적으로 손을 들어서 결정했다.

학도호국단 연대장이 학생들을 운동장으로 끌어내는 것이 가장 핵심이라고 했다. 전교생이 운동장에 모이기만 한다면, 그 힘으로 밀고 나가면 된다는 것을 거기에 모인 모든 학생들은 다 알고 있었다. 학교 밖으로 나가서 부당한 중간고사 실시에 대해서 수원 시민들에게 알리고, 장면 후보의 유세가 열리는 공설운동장까지 거리 행진을 하자고 의견을 모았다. 그러기 위해서는 최대한 많은 학생들을 모아야 하고, 시민들에게 나눠 줄 유인물도 있어야 하고, 시민들이 한눈에 볼 수 있도록 현수막도 만들어야 하고, 다른 학교 학생들도 같이 참여해야만 한다.

"가두 행진을 하면 경찰과 반공청년단원들이 막아설 거야. 그걸 뚫고 가려면 다른 학교 학생들이랑 같이 나서야 해."

강진은 그렇게 말하고는 다른 학교 임원들이랑 친분 있는 사람은 손을 들어 보라고 했다. 태섭이랑 학도호국단 연대장이 손을 들었다.

시위를 준비하는 학생들은 주로 쉬는 시간을 이용했고, 종례가 끝나면 모두 비밀의 숲에 모였다. 그곳에서 유인물을 쓰고 현수막을 만들었다. 강진과 태섭이 그리고 연대장이 다른 학교를 찾아갔다. 워낙 시간이 부족해 각자 인맥이 있는 학교를 중심으로 찾아갈 수밖에 없었다. 강진을 만난 다른 학교 규율부장들은

"우리도 그런 생각을 하고 있었는데, 정말 잘됐다. 내일 한 시에 수원성 북문에서 만나자. 거기에 집결해서 공설운동장으로 행진해 가자!"

그렇게 거침없이 말했다. 두 학교를 찾아간 강진도 든든한 우군을 얻고 온 기분이 들었다. 가장 발이 넓어서 세 학교를 갔다가 온 연대장은 운동장에서 강진을 기다리고 있다가 다들 이야기가 잘되었다고 환하게 웃었다. 강진과 연대장은 다른 임원들을 만나 유인물과 현수막도 준비가 다 끝났다는 말을 들었다. 강진은 다른 학생들을 보내고 태섭이를 기다렸다.

태섭이는 약속 시간이 두 시간이나 지났는데도 나타나지 않았다. 강진은 은근히 긴장되었다. 태섭이는 내일 아침에 가장 중요한

역할을 맡았다. 종을 치는 일이다. 종이 울리지 않으면…. 아, 강진은 그다음을 생각할 수 없었다.

어떻게 학생들을 교실에서 운동장으로 불러낼까?

처음에는 각 반 교실에 들어가 있는 사람들이 소리쳐서 운동장으로 나가게 하자는 의견이 있었다. 하지만 그것은 혼란을 부추길 수 있다는 반론이 제기되었다. 학교 선생님이 나서서 학생들을 통제하기 시작할 여유를 주어서는 안 된다. 그러니까 선생님들이 나타나기 전에, 최대한 빠르게 학생들을 운동장으로 모아야 한다. 그러기 위해서는 학생들을 모을 수 있는 보다 강력한 신호가 필요하다는 데 의견을 모았다. 우선 모두가 뛰쳐나가는 시간을 정하고, 그 시간을 알리는 뭔가 강력한 신호가 없을까.

점심시간에 비밀의 숲에 모인 임원들은 그 생각에 몰두하다가 오후 수업을 알리는 종소리를 들었다. 그 순간 태섭이가

"저 종소리로 하면 되겠다!"

하고 말했고, 거의 모든 학생들이 좋은 생각이라고 자기 머리를 쳤다.

"좋다! 내일 저 종을 마구 치면, 그것을 신호로 모두 교실에서 뛰쳐나오는 거야! 종은 일층 교무실 밖에 매달려 있으니까, 누구나 화단에서도 끈을 잡고 칠 수 있잖아!"

학교에서는 종이 가장 큰 권력자다. 종이 울리면 학생들을 비롯

하여 선생님들까지 일사불란하게 움직인다. 물론 평상시에는 수업 시작과 끝을 알리는 두 가지 신호밖에 없지만, 이번에 또 다른 신호가 장착되는 셈이다.

"야, 그럼 누가 종을 치냐?"

종을 치느냐 마느냐에 따라서 이번 일의 성공 여부가 결정 난다. 그만큼 중요한 일이다. 강진은 영식이랑 학도호국단 연대장도 괜찮을 것 같았지만 태섭이가 가장 믿음직스러웠다. 다른 학생들도 서로의 얼굴을 보면서 머뭇거리고 있었다. 워낙 중요한 역할이다 보니 다들 망설이는 표정이었다.

그때 태섭이가 나섰다.

"내가 할게."

그 말에 누군가 박수를 치자, 다들 아낌없이 박수를 쳤다. 그만큼 다들 태섭이를 신뢰한다는 뜻이었다. 태섭이는 고맙다고 하면서,

"뭐 크게 어려운 거 아니잖아? 종이 교무실 안에 있는 것도 아니고 바깥에 매달려 있으니까, 만약 나한테 무슨 일이 생기면, 우리 중에서 아무나 종을 치는 거야. 알았지?"

그렇게 덧붙이면서 뒷머리를 긁적였다.

강진은 그런 생각을 하다가 어둠 속에서 걸어오는 태섭이를 보고는 반갑게 뛰어갔다. 태섭이는 사정이 생겨서 늦었다고 하고는 다른 학교 학생들이랑 만나는 것은 이야기가 잘 풀렸다고 했다.

"자기들이 책임지고 자기네 학교 학생들 모아서 북문으로 가겠대. 학생들이 다들 불만이 많아서 폭발 일보 직전이니까, 그다지 어렵지 않을 것 같다고 확신하더라고."

그러니까 지금 예상대로만 된다면 내일 시위는 지금까지 벌어졌던 그 어떤 시위보다 클 것이다.

강진은 잘된 일이라고 태섭이 어깨를 토닥거렸다. 그런데 태섭이는 계속 표정이 어두웠다. 강진은 뭔가 이상하다고 생각하고는

"야, 밥 먹었냐? 밥이나 먹으러 가자."

하고 말했는데도 태섭이는 아무런 반응을 하지 않더니

"강진아, 미안해!"

갑자기 등 뒤에서 그렇게 말하고는 고개를 숙였다. 강진이 놀라면서 왜 그러냐고 물었다. 태섭이는 슬그머니 옆으로 걸어갔다.

"아무래도 내일 내가 종을 치기는…. 아까 다른 학교 학생들 만나고 오다가 누나를 만났는데, 아버지랑 만나고 오는 길이라고 하면서 … 누나가 대학가에 나도는 유인물을 보고 책상에 갖다 놓은 것을 어머니랑 아버지가 본 모양이야. 아버지가 누나한테 말했대. 이해는 하지만 절대 데모하지 마라, 너희들이 데모하다가 잡히면 아버지가 직장에서 잘린다, 하고 말씀하셨대. 아버지는 공무원이라서 … 어젯밤에 어머니도 그런 말을 한 모양이야. 그러자 누나가 알았다고 했다면서, 나한테도 그러는 거야. 요즘 전국 고등학생들이 시끌시끌한데, 넌 절대 나서지 마라, 하고. 그래서, 그래서 …

강진아, 내일 종 치는 것만 누가 좀 맡아 주면 좋겠는데…. 미안해, 나도 … 미안해, 진짜….”

태섭이는 거의 울먹이듯이 말하고 있었고, 그대로 가만히 두었다가는 그의 몸이 녹아 버려 어둠 속으로 사라질 것만 같았다.

강진은 너무 황당하고 맥이 빠졌다. 태섭이는 강진이 가장 믿는 친구였다. 그런 태섭이가 흔들리자 강진은 얼마나 당황했는지 모른다. 다른 친구들이 다 흔들려도 태섭이만큼은 변하지 않을 것이라고 믿었다. 그렇다고 태섭이한테 서운하다고 할 수도 없었다. 강진은 발바닥에다 힘을 주고 애써 아무렇지도 않은 척 태섭이를 격려했다. 지금은 그럴 수밖에 없었다.

“그래그래 이해한다. 걱정 마. 진구도 있고, 다른 친구들도 있으니까. 종 치는 거야, 아무나 치면 되잖아.”

“진짜 미안해. 갑자기 누나 말을 들으면서, 내 몸이 녹아 버리는 것 같았어.”

태섭이는 끝내 돌아서서 얼굴을 보이지 않고 그대로 사라졌다.

강진은 밤새 잠을 이루지 못했다. 새벽에 찬물로 세수를 할 때도 물의 감촉이 느껴지지 않았다. 밥을 먹자마자 화장실로 갔다. 설사가 나왔다. 강진의 몸은 그렇게 초긴장 상태였다. 몸속 모든 세포들이 작은 바람 소리에도 깜짝깜짝 놀라고 있었다.

집을 나선 강진은 걸으면서도 자꾸만 헛딛는 느낌이었다. 발바닥에다 힘을 주어도 닫는 느낌이 나지 않았다. 학교 정문이 보일 즈음 누군가 뒤에서 강진을 불렀다. 어제 오후에 만났던 다른 학교 규율부장이었다. 그는 운동화 끈이 풀린 것도 모르고 허겁지겁 뛰어왔다. 강진이 아는 체하면서 다가가자, 그는 주위를 두리번거리면서 빠르게 말했다.

"야, 비상사태! 우리 학교 앞에 짭새들이랑 반공청년단 놈들이 쫙 깔렸어. 학교 선생님들도 다 나와 있고…."

"뭐, 그렇다면 비밀이 새어 나갔다는 말이잖아?"

"어젯밤에 규율부원들이랑 학교 임원들이랑 모였는데, 그중에 어떤 놈이 비밀을 발설한 거지. 그러니까 조심하라고, 그것 알려 주려고 왔어. 반공청년단 놈들이 우리 학교 앞에서 태극기랑 성조기 들고 난리다, 난리…."

그는 그 말을 하고는 다시 뛰어갔다.

강진은 갑자기 현기증이 일었다. 가장 우려했던 일이 터진 셈이다. 강진은 애써 입술을 깨물면서 손으로 마른세수를 하고 주위를 두리번거렸다. 출근길을 빠르게 재촉하고 있는 사람들만 보아도 괜히 깜짝깜짝 놀랐다. 그런 사람들까지 경찰이나 반공청년단으로 보였다.

'우리 학교에서도 비밀이 새어 나갔을 수 있어.'

강진은 그렇게 중얼거리다가 마구 머리를 흔들어 댔는데 어처구니없게도 진구의 얼굴이 떠올랐기 때문이다. 강진은 그런 자신을 타박하듯이 머리를 손바닥으로 몇 번 쳐 보기도 했다. 그러자 이번에는 가장 믿었던 태섭이의 얼굴이 떠올랐다. 순간 힘이 빠졌다. 직접 눈으로 보지는 않았지만 먼저 시위에 나섰던 대구 학생들을 비롯하여 서울, 대전, 부산 등 수많은 고등학생들이 새삼 대단하다는 생각이 들었다. 그들도 시위를 하기 위해서 숱한 밤을 지새우고 고민했을 것이다. 때론 불안하고 초조했을 것이고, 태섭이처럼 흔들리기도 했을 것이고, 비밀이 새어 나기기도 했을 것이다. 그래도 그들은 주저앉지 않았다.

강진은 일단 학교 선생님들 눈에 띄지 않는 게 좋겠다고 생각했다. 만약 비밀이 새어 나갔다면 선생님들은 주동자나 다름없는 강진을 잡으려고 할 게 뻔하다. 강진은 골목으로 가서 몸을 숨긴 다음 영식이나 학도호국단 연대장이 나타나기를 기다렸다.

다행히도 영식이가 보이자 얼마나 고마웠는지 모른다.

"영식아, 네가 종을 쳐야겠다. 괜찮지?"

강진은 왜 갑자기 그런 말을 하는지 설명했고, 영식이는 이내 알았다고 고개를 끄덕였다. 영식이는 걱정하지 말라고 하면서, 태섭이의 마음을 충분히 이해한다는 말도 덧붙였다. 강진은 그렇게 말해 주는 영식이가 한없이 고마웠다. 그러면서 영식이보다 태섭이를 더 믿었던 자기 자신이 한없이 작게 느껴졌다.

강진은 교실에 들어가지 않았다. 만약 학교 선생님들이 눈치를 챘다면 강진을 집중 감시할 것이다. 그렇다면 이번 일이 실패할 수도 있었다. 강진이 눈에 보이지 않으면 선생님들이 안심할지도 모른다. 강진은 비밀의 숲으로 가서 종이 울리기만을 기다렸다.

아침부터 수많은 새들이 떡갈나무 위에 모여서 떠들어 대고 있었다.

"꺄악, 꺅, 종알종알…."

그 끝없는 새들의 수다가 오늘따라 얼마나 부러웠는지 모른다.

마른 풀숲 사이사이로 제비꽃 또래의 작은 풀들이 기어 다닌다. 봄볕이 잘 떨어지는 곳으로, 떨어진 햇살을 이삭줍기 좋은 곳으로, 흙이 말랑말랑하여 발을 뻗기 좋은 곳으로, 봄바람을 조금이라도 더 피할 수 있는 곳으로, 고물고물. 아직은 조심스럽고도 은밀하지만 머잖아 온 세상이 들썩거릴 정도로 녀석들의 움직임은 거침없어질 테고, 그러면 봄은 한꺼번에 터져 버릴 것이다.

학교에서 종소리가 들렸다. 평소에 듣던 그 리듬 그대로였다. 수업 시작을 알리고, 수업이 끝났음을 알리는 단순한 소리지만 모든 학생들을 통제해 내는 힘이 있었다.

처음에는 시험을 아예 거부하자고 했던 그들이 작전을 바꾼 것은 나름대로 이유가 있었다.

시험을 치르지 않게 되면 아무래도 반대하거나 머뭇거리는 학생들이 많아서 참여 인원이 줄어들 수도 있다는 의견이 나왔다. 그러다 보면 실패할 수도 있기 때문에 일단 시험을 정상적으로 보기로 했다. 그렇게 되면 선생님들이 안심할 것이고, 학생들도 홀가분해지기 때문에 참여 인원이 늘어날 것이라고 의견이 모아졌다.

강진은 혼자 있다 보니 시험이 끝날 때까지 기다리는 것이 너무 힘들었다. 괜히 시험을 치르기로 한 게 아닌가, 하는 생각도 들었다. 어떤 판단이 옳은지 그건 알 수 없다. 다만 최선을 다할 뿐이라고, 자기 자신에게 말을 걸었다.

그렇게 몇 번이나 시작과 끝을 알리는 종이 울렸다.

이제 시험이 거의 끝나 가고 있었다. 지금쯤이면 3학년 학생들에게 오늘 시위에 대해서 다 알려졌을 것이고, 나머지 학년들에게도 알려지고 있을 것이다. 제발 선생님들이 몰라야 할 텐데. 그런 상상을 하다 보니 강진은 숲에 앉아 있을 수가 없었다.

강진은 학교가 보이는 곳으로 이동을 했다. 아직 학교에서는 아무런 움직임이 없었다. 11시 55분이 약속한 시각이었다.

이제 5분 남았다. 지금쯤이면 3학년 규율부원들을 비롯하여 임원들의 발걸음이 분주해져야 한다. 다들 잘하고 있을까. 괜히 자기 자신이 지레 겁을 먹고 학교 뒷산에 숨어 있는 것은 아닌지, 별의별 생각이 다 들었다.

4분, 3분, 2분 … 땡! 그러나 종은 울리지 않았다.

강진은 은연중에 학교로 들어섰다. 시험이 끝나서 그런지 학교는 시끌시끌했고, 수많은 학생들이 나와 있었다. 지금이 기회였다.

강진은 다시 시계를 보았다. 11시 57분을 넘어서고 있었다. 지금쯤 영식이가 종을 쳐야 하는데, 교무실 앞쪽 화단에는 규율부 선생님만 보였다.

순간 강진은 얼마나 놀랐는지 모른다. 규율부 선생님이 모든 사태를 알아채고는 종을 치지 못하도록 감시하고 있는 것만 같았다.

'아, 실패했구나!'

강진은 저도 모르게 탄식했다. 다시 시계를 보았다. 11시 59분으로 접어들고 있었다.

규율부 선생님이 보이지 않았다. 강진은 마음이 급해졌다. 어떻게 해서든 교무실 앞 화단으로 가려고 했지만, 이번에는 다른 선생님이 옆으로 다가왔다.

강진은 슬그머니 뒷걸음질 쳤다.

영식이한테 무슨 일이 생긴 게 분명하다. 그렇다면 아무나 종을 쳐야 한다. 저 종을 치기만 하면, 종이 알아서 학생들을 운동장으로 불러 모을 것이다.

강진은 운동장 수돗가로 가다가 10여 명의 학생들이 교무실 앞 화단으로 가는 것을 보았다. 강진이 그들을 보면서 제발 누군가 종을 쳐야 할 텐데 하고 생각하자마자

"땡! 땡! 땡! 땡! 땡! …."

갑자기 누군가 종을 난타하기 시작했다. 엄청나게 큰 소리였다. 종을 치고 있는 학생은 분명 영식이가 아니었다. 학도호국단 연대장도 아니었다. 그건 놀랍게도 진구였다. 회의할 때마다 가장 소극

적이었던 진구가 종을 치고 있었다.

교무실 창문으로 규율부 선생님이 뭐라고 험악하게 소리치면서 뛰어내렸다. 그와 동시에 진구가 비틀거렸지만 종을 치는 줄을 놓지는 않았다. 진구는 규율부 선생님이랑 실랑이를 하면서도 온힘을 다해서 종을 치고 있었다.

"땡땡! 때대대댕! 땡땡! 땡! 때대대엥! …."

종소리는 불규칙했지만 조금 전보다 소리가 더 컸다.

"나가자!"

"와, 다들 나가자!"

교실마다 그런 고함 소리가 울려 퍼졌다. 진구가 쓰러지고 종소리가 끊어졌지만 교실 여기저기에서 씨앗처럼 터져 나오는 학생들을 막을 수는 없었다.

강진은 구령대 앞으로 뛰어갔다. 선생님들이 뭐라고 소리치면서 학생들을 막으려고 했으나 워낙 거대한 물처럼 쏟아져 나오는 학생들 앞에서 쩔쩔매고 있었다.

영식이가 슬그머니 강진 옆으로 와서 속삭였다.

"강진아, 미안해. 종 치는 순간이 다가오자 갑자기 설사가 나서…. 근데 누가 종을 쳤지? 너도 아니고, 태섭이도 아니고, 호국단 연대장도 아닌 것 같았는데…."

강진은 목구멍으로 치밀어 오르는 진구라는 말을 꾹 삼키면서 영식이 어깨를 툭 쳤다.

"야, 그게 뭐가 중요해. 어쨌든 종이 울렸다는 사실이 중요한 거야. 영식아, 어서 현수막 좀 들어라."

영식이가 가장 큰 현수막을 들었다.

수원 학생들이여 총궐기하자!

또 다른 학생들이 현수막을 들고 따라갔다.

"학생들을 정치 도구화하지 마라!"

"학원의 자유를 달라!"

강진이 소리치자 운동장으로 모이고 있던 학생들이 소리쳤다.

"야, 이 새끼들 미쳤어! 어서 교실로 들어가지 못해!"

"이 새끼들아, 이런다고 세상이 바뀌지 않아. 너희들만 다친다고. 어서 들어가!"

규율부 선생님이 정신봉을 휘두르면서 소리쳤다. 다른 선생님들도 저마다 몽둥이를 들고 뛰쳐나왔다. 그 기세에 눌려 교실에서 나오던 학생들이 돌아서기도 했다. 몇몇 선생님들이 교문을 막아섰다.

강진은 마음이 급해졌다. 이렇게 조금만 더 있다가는 선생님들에게 해산될 것이 뻔했다. 강진은 목청껏 소리치면서 뛰어갔다.

"야, 어서 교문 쪽으로 뛰어! 그냥 막 뛰어가는 거야!"

"와아, 가자!"

"교문 밖으로 나가자!"

구령대 앞으로 모여들던 대열이 갑자기 교문 쪽으로 움직였다. 조회를 할 때처럼 질서 정연한 모습이 아니었다. 한마디로 오합지졸이었다.

교문에서 몽둥이를 들고 막아서던 선생님들의 저항선은 쉽게 뚫렸다. 망아지처럼 자유롭게 뛰는 학생들을 선생님들은 막아 낼 수 없었다. 아마도 열을 지어서 나갔더라면 선생님들의 저항선을 뚫지 못했을 것이다. 학생 특유의 무질서가, 학생 특유의 자유스러움이 선생님들 특유의 경직된 저지선을 허물었다.

학생들은 곧장 차도로 뛰어들었다. 역시 거리에서도 질서 정연하게 대열을 이루지 않았고, 갇혀 있었던 수많은 망아지들이 어떤 꿈을 향해, 어떤 광야를 향해 달려가듯이 앞으로 뛰었을 뿐이다. 길거리에 있는 수많은 시민들이 박수를 보내고 같이 구호를 외쳐 주기도 했다.

"자유당 독재와 횡포로 국민들이 피해를 본다!"

"삼일오 부정 선거 획책을 규탄한다!"

거대한 수원성이 보였다. 경찰과 반공청년단이 막아서고 있었다. 그래도 그들은 두려워하지 않았다. 그들의 눈에는, 파란 광야 같은 하늘만 보였다.

수원, 수원농고 학생 시위

수원 지역의 4월혁명은 3월 10일 수원농업고등학교 학생들이 민주당 장면 부통령 후보의 유세가 열리는 수원공설운동장으로 진출하면서 시작되었다. 2월 28일 대구에서 일어난 고등학생들 시위와 3월 8일 대전에서 있었던 고등학생들의 대규모 시위를 알고 있었던 규율부장 송강진을 비롯하여 학교 임원들이 모여서 시국 토론을 하였다. 그러던 중에 3월 9일 갑자기 다음 날 중간고사를 보겠다고 학교에서 통보를 하였다.

학생들은 이미 대구에서도 그와 비슷한 일이 벌어졌다는 것을 알고 있었고, 그래서 더욱 분노했다. 학생들은 이처럼 갑작스러운 시험 통보가 3월 10일 공설운동장에서 열리는 장면 후보의 유세장에 학생들이 참여하지 못하도록 하기 위한 자유당의 술책임을 잘 알고 있었다.

당시 규율부장이던 송강진은 학생 임원들과 함께 이 문제를 의

논했고, 수원 지역 다른 학교와 같이 연대하기로 했다. 비록 처음 시위를 하는 것이지만 그들은 유인물을 만들고 현수막까지 제작했으며, 다른 학교 학생들까지 만나는 등 제법 조직적으로 움직였다. 하지만 다음 날 다른 학교에서는 시위 계획이 새어 나가는 바람에 시위가 무산되었고, 수원농고 학생 약 800명만 거리로 진출하였다.

그들은 경찰과 이승만 친위 부대였던 반공청년단을 뚫고 거리 행진을 하였다.

수원농고 학생들의 시위는 4월혁명으로 가는 징검다리 역할을 확실하게 해 주었다. 보수적인 수원에서 농업고등학교 학생 800여 명이 시위를 했다는 소식은 언론과 사람들의 입을 통해 전국으로 퍼져 나갔다. 2월 28일 대구 학생 시위만큼이나 파급력이 컸다. 그 소식을 들은 다른 지역 학생들이 연이어 시위에 나섰고, 3월 15일 선거일에 자유당 부정 선거를 규탄하는 시위가 크게 일어나는 데 결정적인 역할을 한 셈이다.

백만 학도여,

반월당으로

정명섭 서울에서 태어났다. 대기업 샐러리맨을 거쳐서 파주출판도시에서 바리스타로 일했으며, 다양한 장르의 글을 쓰는 전업 작가로 활동 중이다. 지은 책으로《쓰시마에서 온 소녀》,《직지를 찍는 아이, 아로》,《명탐정의 탄생》,《어쩌다 고양이 탐정》,《남산골 두 기자》,《미스 손탁》,《대한 독립 만세》(공저),《개봉동 명탐정》 등이 있다.

기다리고 기다리던 토요일 종례 시간이 되자 정욱이는 저절로 어깨가 들썩거렸다. 고2답게 장난기 어린 얼굴에 여드름이 군데군데 피어 있었고, 머리가 큰 편이라서 교모를 겨우 쓸 정도였다. 그걸 본 짝 한섭이가 교모를 고쳐 쓰면서 코웃음을 쳤다. 정욱이와는 다르게 머리도 작고, 얼굴도 여드름 하나 없이 갸름했다. 둘이 여러모로 비교가 되어서 같이 있으면 만담 콤비처럼 보였다.

"그렇게 좋냐?"

"내가 이날을 얼마나 기다렸는지 알면서 그래. 아카데미 극장에서 엘리자베스 테일러 여신을 영접할 시간이 코앞인데 말이야."

정욱이가 두 손을 꼭 잡은 채 초롱초롱한 눈으로 말하자 한섭이가 쓰고 있던 교모로 어깨를 내리쳤다.

"징그럽다. 징그러워. 솔직히 말해 봐. 엘리자베스 테일러가 아니라 거기서 누구 만나기로 했지?"

"만나긴, 누굴 만난다고 그래."

그렇게 웃고 떠들던 두 친구는 앞문이 드르륵 열리고 담임 선생님이 들어서자 입을 다물었다. 별명이 '마카오 신사'일 정도로 깔끔함을 자랑하는 담임 선생님은 교탁에 서류들을 올려놓고는 포마드를 바른 머리를 살짝 넘겼다. 급장인 성식이가 일어나 우렁차게 경례를 했다.

"차렷! 선생님께 경례!"

그러자 아이들은 일제히 교모를 벗고 고개를 숙였다.

"안녕하십니까!"

"어이구, 벌써 마음은 교문 밖으로 나가 있구먼."

정곡을 찌르는 담임 선생님의 말에 아이들은 정신없이 웃었다. 그사이, 담임 선생님이 교탁에 비스듬히 기댔다. 마카오 신사라는 별명 외에 12시 15분이라는 별명이 있었는데 교탁에 기댄 모습이 그 시각을 가리키는 시곗바늘 모양과 비슷했기 때문이다. 한동안 말이 없던 담임 선생님이 착잡한 표정으로 입을 열었다.

"안타깝게도 내일도 학교에 와야 한다."

"뭐라고요!"

정욱이가 제일 먼저 소리를 치면서 자리에서 일어났다. 그걸 시작으로 다들 한 마디씩 했다. 그러자 담임 선생님이 조용하라는 손짓을 했다.

"내일 정상 등교해서 시험 치고 영화를 관람한다."

"갑자기 웬 시험입니까?"

두툼한 뿔테 안경을 쓴 대웅이가 손을 번쩍 들고 물었다. 영어 사전을 늘 끼고 다녀서 별명도 미스터 빅이었다. 대웅을 영어로 하며 큰 곰이라는 뜻의 빅 베어인데 뒤의 베어를 떼고 앞의 빅만 갖다 붙인 것이다. 코를 가볍게 긁으며 담임 선생님이 대답했다.

"간단한 쪽지 시험이고, 내신에 반영 안 되니까 너무 신경 쓰지 마라."

"영화는 뭐 봅니까?"

정욱이가 뒤따라 손을 들자 담임 선생님이 피식 웃었다.

"왜? 엘리자베스 테일러 나오는 영화 틀어 줄까 봐?"

교실은 다시 웃음바다가 되었다. 정욱이가 짧게 자른 머리를 긁적거리며 바라보자 담임 선생님이 고개를 저었다.

"방화 볼 거니까 기대를 접어라."

"어우!"

정욱이가 머리를 감싼 채 비명을 지르자 교실은 다시 웃음바다가 되었다. 웃음이 그치기를 기다리던 담임 선생님이 다시 똑바로 서면서 말했다.

"갑작스럽게 통보한 점 미안하게 생각한다."

"그래도 너무합니다. 내일 등교하면 이 주 동안이나 학교를 나오는 게 되잖아요."

미스터 빅이 목소리를 높이자 분위기가 술렁거렸다. 잠시 고민

하던 담임 선생님이 말했다.

"학교 방침이라 어쩔 수 없다. 대신, 내일 최대한 빨리 끝내 줄 테니까 한 명도 빠짐없이 나온다."

담임 선생님이 강하게 나오면서도 타이르는 듯 얘기를 하자 미스터 빅도 누그러졌다. 작게 한숨을 쉰 담임 선생님이 짧게 말했다.

"알겠나?"

"네!"

학생들이 우렁차게 대답하자 담임 선생님이 흡족한 미소를 지었다.

"종례 끝! 단속 기간이라 하교할 때도 교문에서 복장 단속을 한다. 해방감 만끽한다고 교복 목 단추 풀었다가 삼 학년 선도부 학생들에게 붙잡히지 않도록."

"알겠습니다."

아이들의 대답에 담임 선생님이 고개를 끄덕거렸다.

"당번은 난로 청소 잘하고, 내일 보자."

담임 선생님이 나가고 학생들이 일제히 일어나면서 교실은 책상과 의자 끌리는 소리로 가득했다. 가방에 교과서를 챙겨 넣던 정욱이가 천장을 보고 한숨을 쉬었다.

"아우, 짜증나."

"다음 주에 가면 되잖아. 인마."

옆 자리에 앉은 한섭이의 잔소리에 정욱이가 고개를 절레절레 저었다.

“모르면서 나서지 좀 마. 엘리자베스 테일러 나오는 영화는 이번 주까지라고, 다음 주에 아카데미 극장에는 다른 영화가 걸려.”

“그럼 오늘 끝나고 가지 그래?”

“내일 보기로 약속했단 말이야.”

“어이구, 내가 그럴 줄 알았어. 엘리자베스 테일러가 아니라 여자애 만나러 가는 거였잖아.”

“엘리자베스 테일러 저리 가라고 할 정도로 예쁜 애란 말이야.”

“아이, 진짜 짜증나네. 육 일 내내 오는 것도 모자라서 일요일 날도 학교 와야 해?”

한참 투덜거리던 한섭이가 고개를 갸웃거리며 물었지만 정욱이는 딱히 대답해 줄 말이 없었다. 가방을 다 챙긴 정욱이가 일어나려고 하자 한섭이가 팔을 잡았다.

“어디 가?”

“집에 가야지.”

한섭이가 턱으로 난로를 가리켰다

“너랑 나랑 당번이잖아. 어딜 튀려고 그래.”

“야! 나 지난달에 당번했어.”

“시험공부 도와주면 내가 난로 당번일 때 같이 청소해 준다며? 기억 안 나?”

“전혀.”

정욱이가 고개를 젓자 한섭이가 그럴 줄 알았다는 듯 바로 엄포를 놨다.

"다음 달 시험은 혼자서 공부해라."

"아! 이제야 생각났다. 양동이는 내가 챙길게."

정욱이는 냉큼 일어나서 뒤쪽에 있는 청소 도구함 쪽으로 뛰어갔다. 그걸 본 한섭이가 이를 드러내며 웃었다.

고개를 숙인 정욱이가 난로 안의 재를 살살 긁어내서 양동이에 담는 동안 한섭이는 칠판을 닦고 칠판지우개를 털러 나갔다가 돌아왔다.

"휴! 이놈의 냄새!"

몇 번이나 기침을 하고 겨우 재를 다 긁어낸 정욱이가 손으로 열심히 얼굴에 부채질을 했다. 그걸 본 한섭이가 혀를 찼다.

"엄살은. 다했냐?"

"다 치웠어. 이제 가자."

"잠깐만 기다려."

"왜?"

짜증 섞인 정욱이의 물음에 한섭이가 칠판지우개를 교탁 아래에 차곡차곡 정리하면서 대답했다.

"미스터 빅이 기다렸다가 같이 가자 그랬어."

"걔는 또 어딜 갔는데?"

"삼 학년 선배 잠깐 만나러."

"언제 올지도 모르는데 우리끼리 그냥 가자."

정욱이가 살살 꼬드겼지만 한섭이가 고개를 저었다.

"기다려 주면 반월당 레코드 가게에 같이 가 주겠대. 재즈 앨범을 사야 한다고 하던데?"

"진짜? 그럼 가서 권혜경의 '산장의 여인' 들어 볼 수 있겠네."

신이 난 정욱이가 어깨를 들썩거렸다. 레코드 가게에 가면 전축을 틀어 놓고 음악을 들을 수 있었지만 사지 않을 것 같으면 가게 주인이 매몰차게 쫓아내기도 했다. 그런데 앨범을 사러 가는 미스터 빅에게 얹혀 가면 듣고 싶은 레코드를 실컷 들을 수 있었다. 그런 정욱이를 본 한섭이가 재미있다는 표정을 지으며 고개를 절레절레 저었다.

"어이구, 공부를 그렇게 해 봐라."

"야! 나는 경북고 들어온 걸로 할 거 다했어. 이제 평생 놀면서 살 거야."

그렇게 만담 콤비처럼 얘기를 주고받는 사이 미스터 빅이 돌아왔다. 뿔테 안경을 쓱 끌어올린 미스터 빅이 주섬주섬 가방을 챙겼다. 눈치를 본 정욱이가 슬쩍 물었다.

"반월당 레코드 가게 간다며?"

"응, 같이 가자. 재즈 음반을 하나 사야 해서 말이야."

"그럼, 당연히 같이 가 줘야지."

교문에는 복장과 두발 불량으로 재수 없이 걸린 학생들이 엎드려뻗쳐를 하고 있었고, 가방을 머리 위로 들어 올린 채 오리걸음으로 운동장을 도는 학생들도 있었다. 경북고등학교라는 현판이 걸린 교문 밖으로는 솜사탕과 뻥튀기를 파는 아저씨가 보였다. 뻥튀기 기계 옆에는 코흘리개 아이들이, 언제 터질지 몰라서 두 손으로 귀를 막고 흥미진진한 표정으로 지켜봤다. 뻥튀기 아저씨 뒤편의 담장에는 '쥐를 잡자'는 표어와 '간첩을 신고하자'는 표어가 나란히 붙어서 하늘거렸다. 버스 정류장에 학생들이 득실거리는 걸 본 미스터 빅이 말했다.

"그냥 걸어가자."

정욱이는 좀 멀다는 말을 하고 싶었지만 꾹 참았다. 정욱이의 불만을 눈치챈 한섭이가 재빨리 분위기를 바꾸기 위해 미스터 빅에게 질문을 던졌다.

"근데 왜 갑자기 일요일 날 등교하라는 거야?"

"뭐긴, 그날 수성천변에서 장면 박사가 유세하잖아. 그거 때문일 거야."

"다음 달 십오 일 선거 때문에 오는 거야?"

"그런 거 같아."

"조병옥 박사가 죽어서 대통령 선거를 할 필요가 없잖아."

"부통령 선거 해야지. 이승만 대통령 나이가 많잖아. 그런데 승계자인 부통령에 장면 박사가 덜컥 당선되기라도 해 봐. 다들 닭

쫓던 개 꼴이 되지 않겠어?"

"아! 아버지가 그러는데 동사무소에서 요즘 난리도 아니라는데."

"선거도 매번 여름에 하다가 이번에만 삼월로 앞당긴 것도 조병옥 박사가 미국으로 치료를 하러 가는 틈을 노린 거잖아. 명목이야 농번기에 피해를 주지 않으려고 한다지만 언제부터 농민들 걱정을 했다고 그러는지 몰라."

한섭이와 미스터 빅의 얘기를 들은 정욱이가 끼어들었다.

"그거랑 우리랑 무슨 상관이야. 막말로 투표권이 있는 것도 아닌데."

"우리가 몰려가서 자리를 채우는 꼴을 못 보겠다 이거 아니겠어?"

"아무리 그래도 영화도 못 보게 하다니 말이야."

"야! 정확하게 얘기해야지. 여학생 만나러 가는 거잖아."

한섭이의 핀잔에 정욱이가 얼굴을 찡그렸다.

"사랑의 순수함을 모욕하지 마라."

"미치겠다. 진짜."

혀를 찬 한섭이가 미스터 빅과 얘기를 계속 주고받았다.

"적당히 해야지. 좀 너무하잖아."

"지난번 대선 때 충격을 좀 많이 받았을 거야. 진보당 조봉암 후보랑 사망한 민주당 신익희 후보 표를 합치면 사백만 표가 넘었으니까 말이야."

한섭이가 이것저것 물어보고 미스터 빅이 짜증나는 표정으로 대답하는 와중에도 정욱이는 길거리의 구경거리를 찾아 눈을 이리저리 돌렸다. 날이 풀린 지 얼마 되지 않아서 그런지 길거리에서 노는 아이들은 두툼한 바지에 모자를 푹 눌러쓴 차림이었다. 공사를 하려고 가져다 놓은 시멘트 수도관 안에 기어들어 간 아이들 옆으로 커다란 대나무 광주리를 맨 넝마주이들이 고개를 푹 숙인 채 지나갔다. 이런저런 얘기를 주고받으며 반월당에 도착한 정욱이는 레코드 가게부터 찾았다.

"저기 있다!"

한걸음에 달려간 정욱이를 본 한섭이와 미스터 빅이 웃음을 지으며 뒤따랐다. 가게 안은 토요일이라 그런지 교복을 입은 학생들로 가득했다. 입구 옆 카운터에는 주인아저씨가 매의 눈으로 학생들이 레코드를 훔쳐 가나 지켜보는 중이었다. 미스터 빅이 뒤따라 들어오면서 곧장 재즈 음반 코너로 갔다. 그리고 그곳에서 레코드판을 뺐다 꽂았다 하면서 살펴봤다. 그사이, 정욱이는 한섭이를 데리고 국내 음반 코너로 가서 권혜경의 앨범을 찾았다.

"야, 그렇게 좋냐?"

"너는 '산장의 여인'을 꼭 들어 봐야 해. '동심초'도 끝내준다고."

"환장하겠네."

한섭이가 고개를 절레절레 젓는 와중에 정욱이는 재즈 음반 코너에 있는 미스터 빅을 기웃거리며 바라봤다.

"저 새끼가 빨리 사야 앨범을 들어 볼 텐데 말이야."

하지만 미스터 빅은 앨범은 사지 않고 계속 이리저리 살펴보다가 검은색 교복을 입은 다른 학생에게 다가갔다. 그걸 본 정욱이가 한섭이를 꾹꾹 찔렀다.

"어? 쟤는 대구고 애 아니야?"

"그런가 본데."

"왜 사라는 앨범은 안 사고 원수 같은 대구고 애를 만나는 건데?"

"아는 앤가 보지."

"아, 진짜!"

미스터 빅은 대구고 학생과 한참 얘기를 하다가 이번에는 경대부고 학생들과도 속닥속닥 얘기를 나눴다. 그걸 지켜보던 한섭이가 고개를 갸우뚱거렸다.

"무슨 얘기를 저렇게 길게 하지?"

"역적모의하나 보지. 아버지가 그러는데 대통령을 반대하면 모조리 목을 매달아야 한다고 그랬어."

"왜?"

"몰라서 물어. 빨갱이잖아."

"반대한다고 다 빨갱이는 아니야."

한섭이가 목소리를 높이자 정욱이가 눈살을 찌푸렸다.

"아무튼 난 그냥 일요일 날 영화 보러 가고 싶었다고. 이게 무슨 끌이야. 그냥 찍을 사람 찍으면 되잖아. 못 살겠다고 갈아 봤자 별 수 없다고."

정욱이가 목소리를 높이는 사이, 미스터 빅이 다른 학교 학생들과 얘기를 끝내고는 드디어 재즈 앨범을 하나 집었다. 그러자 방금 전까지 어두운 표정으로 투덜거리던 정욱이의 표정이 활짝 피었다.

"드디어 샀다."

계산대로 온 미스터 빅이 계산하는 사이, 정욱이는 잽싸게 권혜경의 앨범을 집어서 달려갔다.

"아저씨, 저 앨범 샀는데 이거 잠깐 들어도 돼요?"

주인아저씨가 잠깐 못마땅한 표정을 지었지만 선선히 고개를 끄덕거렸다. 정욱이는 신이 난 표정으로 미스터 빅을 바라봤다.

"같이 듣자."

"약속이 있어서 먼저 가야 해. 잘 듣고 내일 보자."

가볍게 인사를 한 미스터 빅은 레코드 가게 밖으로 나갔다. 밖에는 아까 얘기를 나눈 학생들이 기다리고 있었다. 그걸 본 정욱이가 중얼거렸다.

"진짜 역적모의라도 하는 거야?"

다음 날인 2월 28일, 학교로 등교한 정욱이는 교문 앞에서 한섭이를 기다리면서 투덜거렸다.

"완전 초상집 분위기네."

가방을 옆구리에 끼고 등교하는 학생들은 다들 굳어 있거나 불만에 가득 찬 표정이었다. 그걸 의식해서인지 교문에서 늘 지켜보던 선도부 선배들과 선생님들은 보이지 않았다. 뒤늦게 숨차게 달려온 한섭이를 본 정욱이는 천천히 교문이 있는 언덕을 올라갔다. 싸늘한 바람이 교복 틈으로 파고들자 정욱이는 얼굴을 찌푸렸다.

"염병할, 삼월이 코앞인데 왜 이리 추운거야?"

헐레벌떡 달려와서 따라잡은 한섭이가 어깨를 잡으면서 물었다.

"뭘 그렇게 투덜거려?"

"날씨가 추워서 그렇지."

"운 좋은 줄 알아라. 대구상고는 토끼 잡는다고 산으로 갔다더라."

"모르겠다. 그냥 대충 찍고 잘 거야."

투덜거리면서 교실에 도착한 정욱이는 난로 주변에 옹기종기 모인 학생들 틈을 파고들었다. 난로 위에는 벌써 발 빠른 학생들이 도시락을 겹겹이 쌓아 놨다. 다들 말은 안 했지만 퉁퉁 부은 얼굴에 맥 빠진 표정을 하고 있었다. 대충 추위를 녹인 정욱이는 자리에 앉았다. 그러고는 주변을 돌아보다가 빈자리를 발견하고는 한섭이에게 물었다.

"미스터 빅은 아직 안 온 거야?"

한섭이 역시 영문을 모르겠다는 표정으로 반문했다.

"그러게, 항상 일등으로 오는 녀석이 웬일이지?"

어수선한 분위기는 담임 선생님이 올 때까지 계속되었다. 굳은 표정으로 들어선 담임 선생님은 머리에 포마드도 바르지 않은 상태였다. 한숨을 푹푹 쉰 선생님이 말했다.

"가방으로 책상 가려라. 지금부터 시험 시작이다."

그러고는 바로 뒤돌아서서 칠판에 문제를 적기 시작했다. 살벌한 분위기가 이어지면서 연필로 답을 적는 소리, 문제를 풀지 못한 학생들의 한숨 소리와 함께 머리를 긁는 소리밖에는 들리지 않았다. 정욱이는 공언한 대로 대충 문제를 풀고 책상에 엎드려서 잠을 청했다. 그렇게 시간이 더디게 흘러갔다. 시험은 과목별로 치러졌지만 내신에 반영되지는 않았기 때문에 시간이 지날수록 대충 시험을 치거나 정욱이처럼 조는 아이들이 늘어났다. 담임 선생님이나 시험을 감독하러 온 다른 선생님들도 별로 신경을 쓰지 않으면서 정욱이는 실컷 잠을 잘 수 있었다. 그러다 점심시간이 되자 잠을 자던 정욱이가 깨어났다. 그걸 본 한섭이가 혀를 찼다.

"진짜 너는 배꼽시계 하나는 끝내주는구나."

"다 먹고살자고 하는 거잖아. 도시락 안 싸왔는데 나가서 우동 먹을까?"

길게 하품을 한 정욱이의 말에 한섭이가 대답을 하려는 찰나, 갑자기 미스터 빅이 벌떡 일어났다.

"학우들이여! 이제 떨쳐 일어날 때가 되었다. 우리가 왜 일요일

날 등교를 해야 하는지 모두 다 알고 있지 않은가? 학생들조차 정쟁의 수단으로 삼는 자유당 정권은 반성하라!"

덩치가 큰 미스터 빅의 우렁찬 소리에 다소 느슨해져 있던 교실 분위기가 갑자기 뜨거워졌다. 앉아 있던 학생들 사이로 불끈 쥔 주먹이 올라왔다.

"이건 정말 해도 해도 너무하잖아."

"이대로 지켜볼 수는 없다고!"

동조하는 목소리가 커지자 미스터 빅이 외쳤다.

"다들 밖으로 나가서 우리의 뜻을 전하자! 학생위원회에서 규탄 결의문을 운동장에서 낭독할 거야!"

그 말이 끝나기가 무섭게 학생들이 우르르 교실 밖으로 뛰쳐나갔다. 다른 교실에서도 비슷한 얘기가 오갔는지 복도는 삽시간에 학생들로 가득했다. 지켜보던 정욱이가 한섭이에게 말했다.

"우리도 나가자."

"갈아 봤자 별수 없다며?"

한섭이의 반문에 정욱이가 교모를 쓰면서 대답했다.

"잘하면 수업 때려치우고 극장에 갈 수 있잖아."

"하여튼."

코웃음을 치던 한섭이는 정욱이가 교실 밖으로 뛰쳐나가자 황급히 외쳤다.

"같이 가!"

조용하던 운동장은 순식간에 교실에서 뛰쳐나온 학생들로 가득 찼다. 선생님들이 뒤따라 나와서 교실로 들어가라고 했지만 아무도 움직이지 않았다. 담임 선생님을 비롯한 몇몇 선생님들은 아예 뒷짐을 지고 지켜보기만 했다. 대열 뒤쪽에 대충 자리 잡은 정욱이는 한섭이와 함께 조회단 쪽을 바라봤다. 3학년 학생들 사이로 미스터 빅의 모습이 보였다.

"어쭈, 삼 학년들이랑 같이 있네. 짜식 출세했네. 출세했어."

한쪽에서는 선생님들이 학생들을 끌고 들어가려고 하는 와중에 조회단에 선 학생 중 한 명이 앞으로 나섰다. 미스터 빅처럼 안경을 쓴 모습을 본 한섭이가 말했다.

"학생위원회 부위원장 이대우 같은데?"

"삼 반 걔?"

"그런 것 같아."

종이를 꺼낸 이대우가 헛기침을 하자 학생들은 일제히 입을 다물고 바라봤다. 몇 번 헛기침을 한 이대우가 종이를 펼쳐 들고 읽기 시작했다.

"백만 학도여, 피가 있거든 우리의 신성한 권리를 위하여 서슴지 말고 일어서라. 학도들의 붉은 피가 지금 이 순간에도 뛰놀고 있으며, 정의에 배반되는 불의를 쳐부수기 위해 이 목숨 다할 때까지 투쟁하는 것이 우리의 기백이며, 정의감에 입각한 이성의 호소인 것이다!"

결의문 낭독이 이어지자 분위기는 더욱 달아올랐다. 학생들이 일제히 함성을 지르자 그때까지 뜯어말리던 선생님들은 난감한 표정으로 물러났다. 결의문을 다 읽은 이대우가 주먹을 불끈 쥐며 외쳤다.

"여러분! 이제 교문을 박차고 나가서 우리의 뜻을 전합시다! 동방의 별들아! 횃불을 밝혀라!"

우렁찬 이대우의 목소리에 격앙된 학생들이 일제히 주먹을 불끈 쥐고 따라서 외쳤다.

"동방의 별들아! 횃불을 밝혀라!"

몇 번이고 구호를 따라서 외친 학생들은 너 나 할 것 없이 교문 쪽으로 우르르 몰려갔다. 하지만 교문은 학교 일을 봐주는 소사 아저씨들에 의해 잠긴 상태였다. 그걸 본 정욱이가 한섭이에게 말했다.

"야! 교문 막혔어!"

"그럼 타고라도 넘어가야지!"

신중한 한섭이답지 않은 격앙된 말투에 정욱이가 놀란 표정을 지었다.

"투사 났네. 투사 났어."

한 덩어리로 뭉친 학생들의 행렬이 교문 쪽으로 다가갔다. 그때 담임 선생님의 모습이 보였다. 한걸음에 달려온 담임 선생님이 소사 아저씨들에게 어서 문을 열라고 손짓을 했다.

"교, 교장 선생님이 열지 말라고 하셨습니다."

소사들 중 한 명이 대답하자 담임 선생님이 호통을 쳤다.

"이러다 교문 앞에서 압사 사고라도 나면 어쩌려고요! 내가 책임질 테니까 어서 열어요!"

온화하던 평소 모습과는 달리 호통을 치며 나서는 담임 선생님의 모습에 소사 아저씨가 당황해 하며 교문을 열었다. 썰물처럼 교문을 빠져나간 수백 명의 학생이 거리에 섰다. 누가 뭐라고 하지 않았지만 대열을 맞추고 어깨동무를 하며 스크럼을 짰다. 그리고 앞장선 쪽에서 외치는 구호를 목청껏 따라했다.

"학원을 정치의 도구로 삼지 마라!"

"학원의 자유를 인정하라!"

구호를 외치는 목소리는 점점 커졌다. 학교 앞에서 뻥튀기를 파는 아저씨와 구두닦이 아이가 하던 일을 멈추고 쏟아져 나오는 학생들의 행렬을 바라봤다. 큰길로 나가서 대열을 정비한 학생들은 곧장 반월당 방향으로 향했다. 아직 쌀쌀한 기운이 완전히 가시지는 않았지만 빽빽한 대열을 이루고 목청껏 구호를 외치자 열기가 후끈거렸다. 정욱이가 옆에서 어깨동무를 한 한섭이에게 외쳤다.

"야! 난 반월당 쪽에서 빠져서 극장으로 간다."

"넌, 인마 이 와중에 영화를 볼 생각을 하냐!"

"우리가 나선다고 세상이 뒤집어질 것 같아? 어림도 없는 소리지."

"뒤집어지든 깨지든 할 말은 하고 살아야 할 거 아니야!"

"난 그것보다 영화 보는 게 더 좋은걸."

둘이 옥신각신하는 사이 행렬은 반월당 사거리에 도달했다. 일제강점기 때 반월당이라는 이름의 백화점이 세워지면서 이곳은 반월당이라고 불렸다. 백화점은 해방이 되기 전에 공신백화점이라는 이름으로 바뀌었다가 문을 닫았다. 하지만 대구 사람들은 누구나 이곳을 반월당이라는 이름으로 불렀고, 약속과 만남의 장소로 자주 이용했다. 번화가 한복판이었기에 오가는 사람들이 많았다. 담배를 피우며 누군가를 기다리던 어른과 그들 곁에서 담배를 파는 고학생들 모두 학생들을 바라봤다. 주변의 시선을 느낀 학생들은 더욱 힘차게 구호를 외쳤다.

"자유당은 반성하라!"

"학원은 정치의 무대가 아니다!"

"정의는 승리한다!"

어른들 몇 명이 박수를 쳤고, 지나가던 중학생과 물건을 팔던 고학생들이 대열에 끼어들었다. 그걸 본 정욱이가 한섭이에게 말했다.

"이제 난 갈 거야!"

"진짜 비겁해!"

"이런 건 내 취향이 아니라니까."

어깨동무를 풀고 빠져나가려는데 갑자기 박수 소리가 들려오면서 대열이 한쪽으로 밀렸다. 앞쪽에서부터 장면 박사라는 얘기가 들려왔다. 하필이면 맞은편에서 대구로 선거 유세를 온 장면 박사 일행과 마주친 것이다. 도로를 차지하고 있던 행렬이 몰리면서 정욱이는 빠져나갈 틈을 놓치고 말았다.

"젠장! 이게 뭐야!"

정욱이가 비명을 지르자 한섭이는 재미있다는 표정으로 바라봤다. '협잡 선거! 물리치자!'라는 현수막을 단 트럭 짐칸에는 회색 양복 차림의 부통령 후보 장면 박사가 서 있었다. 학생들의 행렬과 마주친 장면 박사는 쓰고 있던 검은색 모자를 벗어서 흔들었다. 흥분한 학생들이 만세라고 외치자 장면 박사도 따라서 손을 들어줬다.

"지나가면 빠져나가야지."

정욱이가 장면 박사를 태운 트럭이 지나가는 걸 보면서 중얼거렸다. 하지만 트럭 뒤를 따라가는 지지자 행렬이 끝도 없이 이어지면서 좀처럼 비집고 나가질 못했다. 그 와중에 다른 학교 학생들 몇백 명이 가세하면서 대열이 더 좁아졌다.

"아이고!"

정욱이가 두 팔을 허우적거리며 안타까워하자 옆에 있던 한섭이가 고소하다는 표정을 지었다. 그렇게 행렬은 중앙통을 거쳐서 경북도청까지 이어졌다. 중앙통을 지나갈 무렵, 지프차를 탄 경찰들이 도착했지만 학생들의 수를 보고 얼어붙었는지 그냥 지켜보기만 했다. 경북도청 앞까지 진출한 학생들은 그대로 본관 앞까지 밀고 들어갔다. 평소에는 가까이 가지 못하던 도청 안을 숫자의 힘과 부당함에 저항한다는 용기로 넘어선 것이다. 본관 앞을 가득 메운 학생들이 웅성대는 가운데 이대우가 다시 화단 위로 올라갔다. 그리고 본관 건물을 향해 외쳤다.

"학생들을 괴롭히는 정치인은 반성하라!"

그러자 학생들이 일제히 따라 외쳤다.

"반성하라!"

"학원을 정치로부터 분리하고 지켜 달라!"

"지켜 달라!"

"도지사는 즉각 우리의 요구에 응답하라!"

"응답하라!"

떠들썩하게 한바탕 구호를 외치고 이대우가 카랑카랑한 목소리로 외쳤다.

"이제 결의문을 한 번 더 낭독해서 우리의 뜻을 보여 줍시다."

학생들이 우렁찬 함성과 함께 박수를 치자 이대우가 꼬깃꼬깃한 종이를 펼쳐 들고 결의문을 다시 읽기 시작했다. 그걸 보던 정욱이가 한섭이에게 말했다.

"이제 진짜 간다."

"끝까지 보고 가지 그래?"

"영화가 더 재미있을 거야."

씩 웃은 정욱이가 군중 사이를 헤집고 나가 정문으로 향했다.

그때 한 무리의 경찰들이 정문으로 밀고 들어오는 것이 보였다. 요란하게 사이렌을 울리며 결의문 낭독을 방해한 경찰들은 화단에 있는 이대우를 잡기 위해 뛰쳐나갔다. 경찰들을 막기 위해 몸싸움을 벌이는 걸 본 학생들이 흥분해서 소리를 지르기 시작했다. 그러자 경찰들이 곤봉을 들고 닥치는 대로 두들겨 팼다. 결의문이 적힌 종이를 빼앗긴 이대우가 화단에서 끌려 내려가기 전에 마지막으로 외쳤다.

"백만 학도여! 나가서 시민들에게 우리의 뜻을 알리자!"

그 말을 신호 삼아 학생들이 일제히 정문 밖으로 뛰쳐나갔다. 이대우가 그런 학생들에게 외쳤다.

"저항하라!"

다른 친구들에게 떠밀리다시피 한 정욱이는 한섭이와 함께 정문으로 쓸려 나갔다. 하지만 정문은 이미 트럭과 지프차를 타고 온 경찰들로 가득했다.

"야! 밀지 마!"

정욱이가 뒤에서 밀려오는 학생들에게 외쳤지만 시끄러운 소리에 파묻히고 말았다. 곧 경북도청 정문 앞에선 막으려는 경찰과 뚫고 나가려는 학생들 간의 몸싸움이 벌어졌다. 정욱이는 어떻게든 뒤로 빠져나가려고 했지만 밀려오는 학생들 때문에 대열 앞으로 밀려났다. 그러다가 덩치 큰 경찰이 휘두른 곤봉에 머리를 맞았다.

"으악!"

비명을 지르며 그대로 주저앉은 정욱이는 머리를 타고 흘러내리는 피를 보고는 망연자실했다.

"이러고 극장은 못 가잖아."

벌떡 일어난 정욱이가 경찰을 밀쳐 내며 외쳤다.

"폭력 경찰은 물러가라!"

구호가 폭력 경찰에 대한 비난으로 옮겨지면서 몸싸움은 더욱 거세졌다. 학생들이 가방과 교모를 집어던지고 스크럼을 짜서 버틴 것이다. 하지만 시간이 지날수록 경찰의 수는 더욱 늘었고, 포위당한 학생들은 마침내 뿔뿔이 흩어지고 말았다. 경찰들이 뒤쫓았지만 지켜보던 시민들이 나서서 학생들을 숨겨 줬다. 신문을 옆구리에 끼고 있던 나이 든 신사가 경찰들에게 삿대질을 했다.

"아니, 어린 학생들을 그렇게 심하게 때리는 법이 어디 있소?"

그사이에 정욱이는 시민들 틈으로 숨어들었다. 지켜보던 아주머니가 치맛자락을 펄쳤다.

"학생! 얼른 내 뒤로 숨어!"

정욱이와 한섭이는 치마 뒤로 숨었다. 그러자 주변에 있던 시민 몇몇도 다가와 앞을 슬쩍 가려 줬다. 호루라기를 입에 문 경찰이 코앞까지 다가왔다가 시민들의 완강한 눈빛을 보고는 딴청을 피우며 지나갔다. 치맛자락 뒤에 숨어 있던 정욱이는 슬쩍 고개를 들어서 경북도청 정문 쪽을 바라봤다. 곳곳에 교모와 가방 들이 버려져 있었고, 경찰들에게 포위된 학생 수십 명이 무릎을 꿇고 고개를 숙이고 있었다.

“미스터 빅도 잡힌 모양이네.”

무릎을 꿇은 학생들 사이에서 미스터 빅의 모습을 본 한섭이가 중얼거렸다. 정욱이가 피가 나는 머리를 손으로 누르면서 말했다.

“일단 도망치자.”

정욱이는 한섭이의 부축을 받으며 경북도청 앞에서 빠져나와 매일신문사 쪽으로 피했다. 부축하던 한섭이가 말했다.

“아까 멋있던데, 박정욱!”

“멋있긴, 아무 잘못도 없는데 패잖아. 내가 동네 똥강아지야!”

버럭 화를 내던 정욱이가 이맛살을 찡그렸다.

“아파 죽겠네. 진짜.”

그때 길옆에 있던 백초약국에서 하얀 가운을 입은, 비쩍 마른 약사가 두 사람을 손짓으로 불렀다.

“학생들! 치료해 줄 테니까 얼른 들어와!”

“저희 돈이 없는데요.”

정욱이의 말에 약사가 손사래를 쳤다.

“돈 안 받을 거니까 걱정 말고 어서 와.”

약사의 말에 정욱이는 한섭이의 부축을 받으며 약방 안으로 들어갔다. 출입문 옆 의자에 앉으라고 손짓한 약사가 한쪽 무릎을 꿇고 정욱이의 머리를 살폈다.

“아이고, 머리가 심하게 찢어졌네. 어쩌다 이런 거야?”

"경찰이 곤봉으로 있는 힘껏 내리쳤어요."
"경북도청 앞에서지? 아까 중앙통 지나가는 거 봤어."
"네."
"나라가 이 모양이니까 어린 고등학생들까지 나서지. 이거야 원."
혀를 찬 약사가 안으로 들어가서 소독약과 솜을 가지고 나왔다. 그리고 솜에 소독약을 묻힌 다음 상처 부위를 조심스럽게 닦아 줬다. 정욱이가 대번에 얼굴을 찡그렸다.
"아야! 아파요."
"아파도 참아. 소독을 제대로 하지 않으면 위험할 수도 있어."
소독약이 묻은 솜은 피 때문에 금방 빨개졌다. 솜을 뜯어서 몇 번이나 피를 닦아 준 약사가 가위로 면을 잘라서 이마에 붙인 다음에 반창고로 고정시켜 줬다. 신음 소리를 내던 정욱이가 투덜거렸다.
"이러고 다니면 정말 웃길 거 같은데요?"
"제대로 치료하지 않으면 나중에 크게 상처가 덧날 수 있어. 며칠 동안 씻지 말고 그냥 있어."
"이건 언제 뗍니까?"
"며칠 있다가 여기로 와. 내가 떼어 줄게."
약사 얘기를 들은 정욱이가 일어나서 고개를 숙였다.
"고맙습니다. 정말 돈 안 드려도 돼요?"
"그렇다니까, 다음에 와도 돈 안 받을 테니까 걱정 말고 꼭 와.

알았지?"

"고맙습니다."

연신 고개를 꾸벅여 인사를 하고 약국을 나온 정욱이에게 한섭이가 물었다.

"좀 괜찮아?"

"어지러운 건 아까보다 덜 해. 이제 어떡하지?"

"학교로 돌아가 보자."

잠시 고민하던 정욱이가 한숨을 푹 쉬었다.

"이 꼴로 극장에 갔다가는 웃음거리밖에 안 되겠지? 학교로 가자."

"우와! 멋있어 보이는데."

"쓸려 가긴 했지만 주변 사람들이 도와주는 거 보면 올바른 일을 한 거 같긴 해."

"그렇지."

얘기를 주고받으며 학교로 돌아온 정욱이와 한섭이는 교문에서 선도부 3학년 선배들과 마주쳤다. 모자와 가방을 잃어버리고 교복도 엉망이 된 상태라 트집을 잡힐까 걱정했는데 선배들의 반응은 의외였다.

"강당으로 가. 거기 다 모여 있으니까."

"거기는 왜요?"

"시위에 참가했다가 돌아온 학생들이 다 모여 있어."

"알겠습니다."

앞을 지나가던 3학년 선배가 정욱이에게 걱정스럽게 물었다.

"머리는 괜찮아?"

"네. 지나가는데 약국 아저씨가 치료해 줬어요."

"다음부터 조심해라. 얼른 들어가."

정욱이와 한섭이는 수백 명이 강당을 가득 메우고 웅성거리는 걸 봤다. 빈자리를 찾아서 앉는데 여기저기서 흥분한 목소리와 울음소리가 들렸다. 친구들이 붙잡혀 갔다고 흐느껴 우는 학생을 위로해 주는 모습도 보였다. 3학년 선배 몇 명이 단상에 서서 조용히 하라고 외쳤다. 그리고 그중 한 명이 말했다.

"자! 다들 모였지? 지금 대충 확인해 봐도 오십 명 넘게 경찰에 잡혀간 것 같아. 거기다 선생님 몇 분도 잡혀간 모양이야."

"우리가 뭘 잘못했다고 잡아갑니까!"

한 학생의 볼멘소리가 "옳소"라는 외침에 묻혀 버렸다. 손을 들어 진정하라고 한 3학년 선배가 말했다.

"우리도 같은 생각이야! 그래서 일단 강당에 모여서 체포된 동료 학생들의 석방을 위한 연좌농성을 시작한다!"

이번에도 "찬성"과 "옳소"라는 외침이 사방에서 터져 나왔다. 정욱이와 한섭이도 한쪽 손을 들고 목청껏 "찬성"이라고 외쳤다. 소리가 어느 정도 가시자 3학년 선배가 말했다.

"그럼 지금부터 연좌농성에 들어간다. 다 같이 구호를 외치자!

구속된 학생들을 즉각 석방하라!"

"석방하라!"

"학생을 구타한 경찰은 사과하라!"

"사과하라!"

구호들이 어지럽게 오가는 가운데 교장 선생님과 몇몇 선생님이 강당 안으로 들어오는 게 보였다. 한걸음에 강단 위로 올라간 교장 선생님이 손을 휘휘 저으며 말했다.

"학생들이 하라는 공부는 안 하고 빨갱이처럼 어디서 데모질이야!"

그 말에 학생들이 우우 하는 소리를 내며 비난했다. 교장 선생님은 얼굴이 벌게지면서 같은 말을 반복했지만 학생들이 삿대질까지 하면서 반박하자 입을 다물고 말았다. 선생님들이 나서서 윽박질렀지만 전혀 먹히지 않았다. 참다못한 정욱이가 벌떡 일어나서 외쳤다.

"아니, 선생님이면 자식 같은 학생들이 경찰에 잡혀간 것부터 해결해야 되는 거 아닙니까?"

정욱이의 갑작스러운 발언에 학생들이 다시 "옳소"라고 외치면서 박수를 쳤다.

"먼저 경찰서에 가서 학생들을 석방시켜 주세요! 그다음에 우리 앞에서 무슨 얘기든 할 수 있는 자격이 있잖습니까!"

연거푸 뱉어 낸 정욱이의 말에 교장 선생님이 우물쭈물하다가 강단에서 내려와 밖으로 나가 버렸다. 꽁지 빠지게 도망치는 뒷모습을 본 학생들이 깔깔거리며 발을 굴렀다.

"속 시원하네. 말 잘했다! 박정욱!"

옆에 있던 한섭이가 감탄하는 눈빛을 보이자 도로 바닥에 앉은 정욱이가 말했다.

"씨! 순서가 틀렸잖아."

그 뒤로 얘기를 더하려던 정욱이는 머리에서 갑자기 통증을 느끼고 주저앉았다. 교장 선생님과 함께 온 3학년 선생님이 머리를 몽둥이로 때린 것이다.

"이놈의 자식이 감히 교장 선생님이 얘기하는데 야료를 부려?"

"그게 아니라요…."

머리를 감싼 정욱이가 하소연을 하려고 하자 3학년 선생님이 말을 잘랐다.

"아니긴 뭐가 아니야! 너 일어나!"

그러자 옆에 있던 한섭이가 끼어들었다.

"얘 아까 경찰한테 곤봉으로 머리를 맞았어요. 거길 또 때리시면 어떡해요."

"맞을 짓을 안 하면 되잖아! 학생들이 공부는 안 하고 밖으로 뛰쳐나가서 시위한 게 자랑이야! 안 일어나!"

"선생님!"

"시끄러! 너도 같이 맞을래?"

한섭이에게 눈을 부라린 3학년 선생님이 연거푸 일어나라고 하자 정욱이가 머리를 감싼 채 일어났다. 엉거주춤하게 선 정욱이의 머리를 몽둥이로 톡톡 건드리며 3학년 선생님이 이죽거렸다.

"왜? 시위 나갔다 오니까 영웅이라도 된 줄 알았어? 학생은 공부를 해야지!"

당장이라도 머리를 때릴 것 같던 3학년 선생님의 몽둥이를 뒤에서 나타난 누군가가 낚아채 버렸다. 놀란 선생님이 돌아보자 아까 두 사람을 들여보낸 선도부 3학년이 몽둥이를 들고 있었다.

"김창식 너 뭐야?"

"머리에 상처가 난 애를 그렇게 때리시면 어떡합니까?"

"때리건 말건 그건 선생이 할 일이야. 어서 몽둥이 안 내놔!"

"안 때린다고 약속하시면 돌려드리겠습니다."

"뭐라고? 이 자식이!"

화가 난 선생님이 돌아서서 뺨을 때리려고 했다. 하지만 선도부 3학년이 뒤로 물러나면서 허공을 스치고 말았다. 그리고 일련의 소동을 지켜본 학생들이 하나둘씩 몰려들었다.

"아이 씨! 선생이면 다야?"

누군가 험악한 소리를 내뱉자 선생님은 눈에 띄게 당황했다. 교장 선생님을 비롯해서 다른 선생님들 모두 강당 밖으로 나간 지 오래였고, 주변에 학생들밖에 없었기 때문이다. 결국 선생님은 요란한 헛기침과 함께 학생들을 헤치고 사라졌다. 소동이 끝나고 학생들은 다들 자리에 앉아서 연좌농성을 계속했다. 구호를 외치고 노래를 부르면서 시간을 보내는데 해가 질 무렵에 강당 입구 쪽에서 환호성이 들렸다. 고개를 돌린 정욱이와 한섭이가 거의 동시에 외쳤다.

"미스터 빅!"

담임 선생님을 선두로 해서 경북도청 앞에서 잡혀간 학생들 수십 명이 돌아온 것이다. 두 사람이 한걸음에 달려가자 미스터 빅이 쓴웃음을 지었다.

"죽었다 살아온 것도 아닌데 왜 이래?"

"괜찮아?"

정욱이의 물음에 미스터 빅이 머리를 쳐다보며 물었다.

"그건 내가 너한테 물어봐야 할 거 같은데?"

"약국에서 치료받아서 괜찮아. 다친 데는 없어?"

"몽둥이찜질을 당하긴 했는데 버틸 만해."

"어떻게 풀려난 거야?"

"트럭에 실려서 경찰서에 갔는데 학생들이 너무 많이 잡혀온 거야. 그래서 유치장에도 못 들어가고 경찰서 마당에 줄지어 앉아 있는데 담임 선생님이 찾아오셨어."

"진짜?"

"경찰서장이랑 한참 얘기하더니 주동자로 분류된 열 명 정도를 빼고 나머지는 모두 석방시켰어. 교장 선생님이 와서 거들면서 좀 쉽게 풀려났고 말이야."

"아무튼 다행이네."

다 풀려난 건 아니지만 상당수의 학생들이 풀려나면서 연좌농성은 끝이 났다. 미스터 빅을 비롯한 수뇌부들은 내일 시위를 준비하는 모임을 따로 가졌고, 학생들은 각자 집으로 돌아갔다. 교문 밖으로 터덜터덜 걸어 나온 정욱이에게 한섭이가 물었다.

"오늘 고생 많았다."

"긴 하루긴 했지."

"어른들이 반성할까?"

교문 밖에는 언제 붙여 놨을지 모를 선거 벽보들이 나란히 붙어 있었다. 이승만과 이기붕을 대통령과 부통령 후보로 내세운 자유당의 벽보가 압도적으로 많았고, 사망한 조병옥 박사가 빠지고 장면 박사만 부통령 후보로 나선 민주당의 벽보가 드문드문 붙어 있었다. 그리고 통일당 부통령 후보자로 출마한 김준연의 벽보는 더 적게 붙어 있었다. 그걸 본 한섭이가 고개를 저었다.

"쉽지는 않을 거야."

"그냥 엘리자베스 테일러만 사모하면서 살고 싶었는데 말이야."

정욱이의 말에 한섭이가 피식 웃었다.

"어쭈, 투사라도 되겠다는 거야?"

어깨를 으쓱거린 정욱이가 걸음을 멈추고 잠깐 생각하다가 한섭이를 바라봤다.

"잘하면 말이야. 아카데미 극장에서 하는 마지막 회를 볼 수 있을 것 같은데 어때?"

"뛰자고?"

"늦은 사람이 영화표 사는 걸로."

"난 엘리자베스 테일러 별로 안 좋아해."

말은 그렇게 해 놓고 한섭이는 잽싸게 뛰었다. 황당한 표정을 지은 정욱이가 뒤늦게 뛰면서 소리쳤다.

"이 배신자!"

대구에서의 시위는 며칠 동안 이어졌다가 잠잠해졌다. 그리고 3월 15일 선거는 대규모 부정 선거로 펼쳐졌다. 선거가 끝나고 한 달쯤 지난 후 백초약국에 가서 마지막으로 치료를 받은 정욱이는 선거 결과가 적힌 그때 신문을 보면서 혀를 찼다.

"대구에서 장면 박사 표가 이렇게 적게 나오다니 믿을 수가 없어요."

그러자 약 상자를 정리하던 약사 아저씨가 쓴 웃음을 지었다.

"이기붕 표가 팔백만 표가 넘고, 장면 박사 표가 이백만 표도 안 나온 걸 보면 뻔하지."

"사람들이 그냥 넘어갈까요?"

약사 아저씨가 일을 멈추고 정욱이를 바라봤다.

"아는 사람이 마산에서 약국을 하는데 거기 난리가 났다고 하더라."

"무슨 난리요?"

"부정 선거를 규탄하는 시위가 마산시청 앞에서 벌어졌는데 경찰이 총이랑 최루탄을 쏴서 학생들이랑 시민들이 죽거나 다쳤다고 하더구나. 실종자도 나온 모양이야."

"이제 사람도 죽이는군요."

"신문이랑 라디오를 검열해서 제대로 된 소식은 없지만 알 사람들은 다 알고 있어. 다들 꾹 참고 있지만 언제 터질지 모르는 상황인 것 같아."

"아무튼 치료해 주셔서 고맙습니다."

"그래도 학생들이 나서서 잘못된 걸 잘못되었다고 해 주니까 장하네."

"그냥 얼떨결에 휩쓸린 거였어요."

정욱이가 솔직하게 털어놓자 약사 아저씨가 빙그레 웃었다.

"겸손하기까지 하네."

그때 한섭이가 약국 유리문을 활짝 열어젖혔다.

"정욱아! 큰일 났어. 큰일!"

"무슨 일?"

"마산에서 시위를 벌이다 실종된 학생의 시신이 발견되었어."

"뭐라고?"

정욱이가 놀란 눈으로 바라보자 듣고 있던 약사 아저씨가 나섰다.

"그 학생 이름이 혹시 김주열이냐?"

"그, 그런 거 같아요? 어떻게 아세요?"

"그 학생 어머니가 자기 아들 찾는다고 마산 시내에 안 돌아다닌 곳이 없다고 했어. 어떻게 발견되었대?"

"마산 앞바다에 떠올랐는데 눈에 최루탄이 정통으로…."

한섭이가 머리에 뭔가 박힌 손짓을 하고는 차마 말을 잇지 못했다.

"맙소사."

정욱이가 허탈한 표정으로 중얼거리자 한섭이가 고개를 저으며 말했다.

"지금 마산은 난리도 아니래. 고등학교 학생들은 물론이고, 대학생들이랑 시민들까지 합세해서 마산시청이랑 근처 경찰서를 완전히 뒤집어엎었대."

그 얘기를 들은 약사 아저씨가 허탈한 표정으로 말했다.

"이거, 약들을 많이 챙겨 놔야겠네."

"시위가 크게 일어나겠죠?"

정욱이의 물음에 약사 아저씨가 고개를 끄덕거렸다.

"사람들이 여럿 죽어야 물러날 거다. 나쁜 놈들 같으니라고."

약사 아저씨의 한탄을 들은 정욱이가 한섭이에게 말했다.

"미스터 빅은?"

"대우랑 있겠지."

"그럼 우리도 거기로 가자."

정욱이가 인사를 하고 나가려고 하자 약사 아저씨가 안쓰러운 표정으로 물었다.

"상처가 이제 겨우 나았는데 또 상처가 날지도 모르겠네."

"다시 아물겠죠. 상처가 영원히 가지는 않을 테니까요."

"그렇지. 다치면 또 찾아오너라."

"그럴게요."

정욱이는 약국 유리문을 열고 밖으로 나왔다.

"한섭아! 대우네 집이 동선동이지?"

"맞아."

"거기까지 달리기 내기 어때?"

정욱이의 도전에 한섭이가 손가락을 까닥거렸다.

"맨날 나한테 지면서 또 하고 싶냐?"

"이번에는 다를걸."

그 말이 끝나기가 무섭게 정욱이가 달려 나갔다. 그러자 한섭이가 혀를 찼다.

"그런다고 나를 이길 거 같아?"

가방을 옆구리에 낀 한섭이가 정욱이의 뒤를 따라 달렸다.

대구, 2·28 학생 시위

1960년 4월 19일, 서울을 비롯해서 전국에서 3·15 부정 선거를 규탄하는 시위가 대대적으로 벌어졌다.

2월 28일 대구에서 벌어진 학생들의 시위는 다음 날 신문에 대서특필되었다. 특히 민주당 측은 학생들이 더없이 용감했다고 칭찬하면서 경찰들의 과잉 진압을 비난했다. 이후 3월 15일 부정 선거로 인해 전국적으로 시위가 벌어지자 대구 역시 동참했다.

4월 19일 오후 3시경, 경북대학교 법대와 농대, 그리고 문리대생 약 4000명이 스크럼을 짜고 교문을 박차고 나왔다. 현수막을 앞세운 이들은 군가를 부르고 구호를 외치면서 신암교를 거쳐 동인 로터리를 지나 중앙통의 소방서 앞까지 행진했다. 약 500명의 경찰이 막아서면서 대치를 했다.

비상 계엄이 실시된 4월 20일에도 시위는 이어졌다. 약 300명의 경북대 학생들이 휴교령이 내린 학교에 모여서 시위를 벌였다.

이들은 경찰과 계엄군의 저지선을 뚫고 삼덕동 로터리까지 진출했지만 경찰과 계엄군에 의해 해산당했으며 한 명이 체포되었다. 청구대학(현 영남대학교) 학생들도 시위에 나서려고 했지만 경찰의 저지선을 뚫지 못하고 교내에서 농성을 벌였다. 하지만 대구역과 중앙통 일대에는 소식을 듣고 몰려온 대학생과 중고등학생, 시민들이 모여 대대적인 시위를 벌였다. 이들은 부정 선거를 규탄하는 목소리를 높였지만 결국 경찰과 계엄군에 의해 해산되었다.

경찰과 계엄군의 진압으로 잠잠해졌던 대구에서 다시 혁명의 열기가 치솟은 것은 4월 26일 경북대 교수 약 150명이 시위를 벌이면서였다. 이들은 대구역 광장까지 행진을 하면서 부정 선거를 규탄하는 선언문을 낭독했다. 대구대와 청구대 교수들도 시위를 벌였는데 교수단의 시위에 함께한 대구 시민은 무려 3만 명에 달했다. 결국 이날 이승만 대통령은 부정 선거에 대한 책임을 지고 하야를 선언했다. 대구에서 시작된 혁명이 결국 철통 같았던 이승만 대통령의 독재정권을 무너뜨린 것이다.